伴随孩子成长
经典阅读

伴随孩子成长 经典阅读

伴随
男孩成长的
好故事

邓敏华 / 主编

煤炭工业出版社
·北 京·

图书在版编目（CIP）数据

伴随男孩成长的好故事／邓敏华主编 . – – 北京：
煤炭工业出版社，2015（2018.1 重印）
（伴随孩子成长经典阅读）
ISBN 978 – 7 – 5020 – 4966 – 9

Ⅰ.①伴… Ⅱ.①邓… Ⅲ.①儿童故事—作品集—世界 Ⅳ.①I18

中国版本图书馆 CIP 数据核字（2015）第 206962 号

伴随男孩成长的好故事（伴随孩子成长经典阅读）

主　　编　邓敏华
丛书主编　邓敏华
责任编辑　刘少辉
责任校对　郭浩亮
封面设计　宋双成

出版发行　煤炭工业出版社（北京市朝阳区芍药居 35 号　100029）
电　　话　010 – 84657898（总编室）
　　　　　010 – 64018321（发行部）　010 – 84657880（读者服务部）
电子信箱　cciph612@126. com
网　　址　www. cciph. com. cn
印　　刷　保定虹光印刷有限公司
经　　销　全国新华书店

开　　本　710mm × 1000mm$^1/_{16}$　印张　10　字数　100 千字
版　　次　2015 年 11 月第 1 版　2018 年 1 月第 3 次印刷
社内编号　7812　　　　　　　　定价　22. 80 元

FOREWORD 前言

　　《伴随男孩成长的好故事》里面囊括了许多经典的故事，每一个小故事都蕴含着深刻的人生哲理。这本书将是男孩儿童时最好的陪伴，里面幽默的话语，生动的故事，精美的图片，都会在孩子心中留下深刻的印象，并且照亮他的一生。

　　这些故事有时如同清风拂面，给孩子以清新的感觉；有时如同细雨润物，给孩子的心灵以慰藉；有时又如汹涌的大海，给孩子以心灵的震撼……故事中那些离奇的想象，那种真善美与假丑恶的较量，那种对未知世界的憧憬等，都带有神奇的魔力，引人入胜，打动孩子的好奇心，丰富孩子的想象力，在他们幼小而又充满好奇的心中留下了永远难以忘怀的记忆。

　　童话故事是人类文化的瑰宝，是人们千百年来智慧的结晶，里面闪烁着纯洁、美好的光芒。阅读童话，能够赋予孩子魔力，给他们插上想象的翅膀，让他们飞得更高、更远。阅读童话，还能够启蒙孩子的心智，让他们从小就就通过阅读体会人类文化的精髓，感悟人类社会中的爱与关怀。

　　不同的童话将会带给孩子们不同的感悟，不同的形象将给孩子们不同的体会，这些故事有可能影响孩子们一生。让这些经典的故事成为伴随孩子成长的珍宝，帮孩子获得最单纯的感动与快乐吧！

编　者

名师导读

帮助学生了解文章内容，提高阅读兴趣。

gōng niú hé shī zi

公牛和狮子

名师导读

有三只公牛生活在一起，每当狮子来袭时，它们摆出阵势让狮子没办法取胜。这一次，狮子想出了另外一种方法……

名师讲堂

狮子改变攻击方法，只向一头牛发起攻击，这就使得其中一头牛比较辛苦。

名师讲堂

分析词句，引导孩子深入理解文章含义。

sān tóu gōng niú hé mù de zài yì qǐ shēng huó zhe　yì
三头公牛和睦地在一起生活着。一

tiān　shī zi lái xí jī tā men　sān tóu gōng niú bǎi kāi zhèn
天，狮子来袭击它们，三头公牛摆开阵

shì yíng dí　kě jīn tiān　shī zi zhǐ shì sǐ dīng zhù qí zhōng
势迎敌。可今天，狮子只是死盯住其中

de yì tóu gōng niú　bèi cháng shí jiān dīng zhù de gōng niú xīn qíng
的一头公牛。被长时间盯住的公牛心情

fēi cháng jǐn zhāng jí zào　mán yuàn dào
非常紧张急躁，埋怨道：

nǐ liǎ zhǐ zhī dao dāi zhe　wǒ dōu tǐng bu zhù le
"你俩只知道待着，我都挺不住了，

hòu lái　tā yòu qǔ chū yì bǎ xiǎo tí qín lā le qǐ
后来，他又取出一把小提琴拉了起

lái　xióng tīng zhe yuè ěr de yīn yuè　qíng bú zì jīn de tiào
来，熊听着悦耳的音乐，**情不自禁**地跳

qǐ wǔ lái
起舞来。

tā tiào de shí fēn kāi xīn　tā wèn xiǎo bǐ ěr　lā
它跳得十分开心，它问小比尔："拉

词语理解

情不自禁：

情：情感；禁：抑制；忍住。比喻感情激动得不能控制。强调完全被某种感情所支配。

词语理解

对文章难懂的词语进行解释，帮助理解。

名家导读,精心批注,逐步解析阅读内容,扫除阅读障碍,让孩子享受阅读的快乐,提高阅读和写作能力。

名师点拨

本章主要讲述的是狮子改变策略,专攻一头牛,最终成功咬死三头牛的故事。这个故事告诉我们只有团结才能让弱小战胜强大,如果只顾自己,人心不齐,不管做什么都容易失败。

回味思考

1.狮子是如何咬死三头公牛的?

2.这个故事告诉我们什么道理?

名师点拨

分析文章的深层含义,让学生掌握重点。

回味思考

提出针对性问题,让"读"与"想"紧密结合。

一、填空题

1.《兔子判官》一文中,_____掉入了陷阱,后来被_____所救,最后却恩将仇报。

2.《金鹅》一文中,_____因为帮人得到了金鹅,后来还迎娶了_____。

阅读训练

读文章,做题目,让孩子巩固所学内容。

精美插图

文章配上精美彩图,让阅读不再枯燥无味。

目录 CONTENTS

wú tóu qí shì
无头骑士

名师导读

玫瑰国国王有一百个王子，这一百个王子长大后成了玫瑰骑士。这些玫瑰骑士会为了复国重新与白狼国战斗吗？

玫瑰国国王娶了一百个王妃，于是有了一百个王子。时间如梭，转眼，一百个王子都成了御林军中健壮的玫瑰骑士。

名师讲堂

介绍故事发生的背景。

一天，白狼国国王率领十万铁骑闪电般踏平玫瑰国，杀死国王，抢走了一百个王妃，俘虏了一百个玫瑰骑士，美丽的玫瑰国变成一片焦土。

名师讲堂

玫瑰国国王被杀，王妃给抢走，骑士被俘虏，表现出玫瑰国大败之后的惨象。

"奇耻大辱啊！奇耻大辱啊！"白狼国国王想听到玫瑰骑士们发出这种声音。可惜，玫瑰骑士们鸦雀无声。他们

头戴帽盔只知道在牢狱里饮酒、吸烟、打牌。"这太奇怪啦！"白狼国国王反而被弄糊涂了。

一年过去了，十年过去了，二十年过去了，玫瑰骑士们依旧戴着头盔，在牢中吃喝玩乐。白狼国国王心中产生了深深的疑虑："也许在头盔的背后正酝酿着巨大的阴谋？"他下令秘密处死一百个骑士。临刑之前，神父来到狱中说："孩子们，你们有什么话要说吗？"一百个骑士互相望望，无语。最后，玫瑰骑士长兄在头盔后面说："我们都经历了，我们都看见了，我们都忘记了！"

名师讲堂

这么多年过去了，骑士们只是吃喝玩乐，从未想过复国，表现这群骑士的荒唐。

词语理解

头盔：头盔是保护头部的装具，是军人训练、作战时戴的帽子，是人们交通中不可或缺的工具。它多呈半圆形，主要由外壳、衬里和悬挂装置三部分组成。

死刑如期执行。刽子手砍掉了金属头盔，却不见玫瑰骑士们的头颅！

神父急急忙忙地跑到国王面前报告："陛下，玫瑰骑士们患了集体健忘症。他们都是无头骑士！看来，忘记惨痛历史的玫瑰国，不会有复国的希望啦！"

名师讲堂

原来这些骑士都是无头骑士，也说明他们忘了之前的经历，根本没有想要复仇。

名师点拨

本文讲述的是一群无头骑士忘了自己国家惨痛的历史，沦为俘虏最终被杀的故事。告诉我们不要遗忘那些惨痛的历史，否则就像一个没有头的人一样，只会吃喝玩乐。

回味思考

1.白狼国国王为什么令人处死一百个骑士？

2.神父为什么说玫瑰国复国无望？

lǎo shǔ hé huáng shǔ láng

老鼠和黄鼠狼

名师导读

黄鼠狼和老鼠住在农民夫妇家，黄鼠狼见到院里有胡麻便偷走了一部分，农妇发现胡麻少了，便守在院里。黄鼠狼最终会被抓到吗？

名师讲堂

交代故事背景和人物。

名师讲堂

农夫病了，农妇要用胡麻给他煎汤。农妇将准备好的胡麻放到院中，接下来会发生些什么事情呢？

cóng qián yǒu yì zhī lǎo shǔ hé yì zhī huáng shǔ láng gòng tóng jì jū zài yí duì nóng mín fū fù jiā li
从前有一只老鼠和一只黄鼠狼，共同寄居在一对农民夫妇家里。

yì tiān nóng fū tū rán bìng dǎo le nóng fù jí máng qǐng lái yī shēng tì tā kàn bìng yī shēng zhěn duàn le nóng fū de bìng qíng zhī hòu gěi le nóng fù yí shù hú má ràng tā bāo diào pí hòu liàng gān rán hòu yòng tā jiān tāng gěi nóng fū hē le zhì bìng nóng fù zhào bàn le bǎ hú má jìn shī bāo diào pí rán hòu bǎ tā fàng zài yì zhī dà pán li tān kāi fàng dào yuàn li liàng zhe
一天，农夫突然病倒了，农妇急忙请来医生替他看病。医生诊断了农夫的病情之后，给了农妇一束胡麻，让她剥掉皮后晾干，然后用它煎汤给农夫喝了治病。农妇照办了。把胡麻浸湿，剥掉皮，然后把它放在一只大盘里摊开，放到院里晾着。

huáng shǔ láng chū dòng sì chù xún mì fā xiàn le yuàn zi li de hú má gāo xìng de tiào qi lai tā yì kē kē de
黄鼠狼出洞四处寻觅，发现了院子里的胡麻，高兴得跳起来，它一颗颗地

bǎ hú má bān jìn zì jǐ de dòng fàng zài chǔ cáng shì li cáng
把胡麻搬进自己的洞，放在储藏室里藏
qǐ lai tā lái lái wǎng wǎng de máng le yì tiān yí yè jìng
起来。它来来往往地忙了一天一夜，竟
bǎ hú má tōu le yí dà bàn
把胡麻偷了一大半。

dì èr tiān nóng fù fā xiàn hú má shǎo le gǎn dào
　　第二天，农妇发现胡麻少了，感到
fēi cháng qí guài xīn xiǎng yí dìng yǒu zéi yí jìn mén
非常奇怪，心想："一定有贼。"一进门，
ná le gēn dà gùn zi yuǎn yuǎn de zhù shì zhe yuàn zi li de
拿了根大棍子，远远地注视着院子里的
dòng jing huáng shǔ láng cóng dòng zhōng chū lai fā xiàn nóng fù zài
动静。黄鼠狼从洞中出来，发现农妇在
yì páng shǒu hù zhe hú má àn zì qìng xìng zì jǐ méi yǒu shàng
一旁守护着胡麻，暗自庆幸自己没有上
dàng tū rán tā xiǎng qǐ le yě zhù zài zhè er de lǎo shǔ
当。突然，它想起了也住在这儿的老鼠，
xīn li xiǎng wǒ děi zhǎo lǎo shǔ lái zuò tì sǐ guǐ ràng nóng
心里想："我得找老鼠来做替死鬼，让农
fù huái yí bu dào wǒ de shēn shang
妇怀疑不到我的身上。"
yú shì huáng shǔ láng jí máng pǎo dào lǎo shǔ nà li
　　于是，黄鼠狼急忙跑到老鼠那里，

5

说道：“老鼠老弟，我告诉你一
个好消息：我们的房东收了不
少胡麻，为了感谢上帝的恩赐，他从中
取出一个盘子放在院子里，凡是有生命
的小动物，都可以任意地捡来吃呢。”老
鼠听了这个消息十分欢喜，立即奔出洞
门一看，院子里果然有一盘胡麻。它想
也没想，冲上去大吃起来，一点儿也没
意识到身边的危险。

农妇看见老鼠正在偷吃，轻轻地走
过来，举起棍子一下子就把它打死了。
老鼠就这样因为贪吃、轻信坏人的话丢

6

diào le xìng mìng
掉了性命。

名师点拨

　　本文讲述的是老鼠听信了黄鼠狼的话跑去偷吃，结果当了黄鼠狼的替死鬼，被打死的故事。意在讽刺那些不动脑筋，轻易相信别人的话的人，他们最终都会为自己的愚蠢付出代价。

回味思考

　　1.黄鼠狼是怎样欺骗老鼠的？
　　2.从这个故事中你学会了什么？

想吞天池的老虎

名师导读

东北虎想吃鹿,但鹿说他是仙鹿不能吃,东北虎便开始吹牛自己什么都吃过,什么都吃过的老虎最终能吃掉这只鹿吗?

词语理解

狂妄:十分嚣张,目中无人。

有一只东北虎,非常**狂妄**。

他遇见一只漂亮的鹿,说:"我要吃掉你!"

鹿说:"不行呀,我在长白山天池边上土生土长,是吸吮了天池的天、地、山、水之精华而修炼成的仙鹿,你吃不了的!"

名师讲堂

虎此时的得意造成了下文的后果。

"笑话!天、地、山、水我都吃过,还吃不了你这只小小的鹿?"虎得意地说。

"你吃过天?"鹿问。

"噢,吃过,吃过!"虎稍稍迟疑了

一下，"天嘛，与甜同音，它的肉甜得很呢！"

"那味道怎样？"鹿问。

"因为地上的生物是各不相同的，所以味道也是多种多样的。如羊有膻味，鸡有鲜味，猪有油腻味……"虎越说越得意了。

"难道你连山也吃过？"鹿又问。

"吃过吃过。我是山大王嘛！山里的东西我全吃过！"虎说。

"那水，你更是吃过了？"鹿逗他问。

chī guo chī guo
"吃过吃过，

nà dōng hǎi lóng wáng shì wǒ
那东海龙王是我

de jié bài xiōng di   shá yàng hǎi xiān
的结拜兄弟，啥样海鲜

hú xiān dōu wǎng wǒ zhè li sòng   fán shì hǎi li
湖鲜都往我这里送。凡是海里

de   hú li de   jiāng li de dōng xi   wǒ dōu chī biàn le
的、湖里的、江里的东西，我都吃遍了。"

hǔ hěn shì zì háo
虎很是自豪。

lù xiǎng le xiǎng zhuāng chū hěn jìng pèi de yàng zi duì hǔ
鹿想了想，装出很敬佩的样子对虎

shuō   kàn lái nǐ zhēn liǎo bu de   bú guò   zhè tiān   dì
说："看来你真了不得，不过，这天、地、

shān   shuǐ   nǐ dōu shì fēn bié chī de   wǒ men cháng bái shān
山、水，你都是分别吃的。我们长白山

de tiān chí yā   kě shì níng jù le tiān dì shān shuǐ de jīng huá
的天池呀，可是凝聚了天地山水的精华，

āi   rú guǒ nǐ néng bǎ tiān chí chī le   cái shì zuì liǎo bu
哎，如果你能把天池吃了，才是最了不

qǐ yo   nǐ chī le tiān chí   wǒ cái yuàn yi ràng nǐ chī
起哟。你吃了天池，我才愿意让你吃。"

"一言为定。哼！我一定要把这天地山水的精华吃了！"虎很有信心地跟着鹿来到天池边。

虎看着这么大的天池面露难色，但强装镇静，当即飞身跃起，张嘴作吞食之状。只听"扑通"一声，这只不自量力、狂妄至极的东北虎掉入了天池，就再也没有浮起来……

名师讲堂

表现出虎的狂妄自大、不自量力。

名师讲堂

老虎最终落入天池，他为他的不自量力付出了生命的代价。

名师点拨

本文讲述的是一只聪明的鹿用智慧使一只东北虎淹死的故事。意在讽刺那些不自量力、狂妄至极的人，也告诉我们遇到困难要多用智慧。

回味思考

1.为什么鹿说虎不能吃他？
2.老虎最后是怎么死的？

gōng niú hé shī zi
公牛和狮子

名师导读

有三只公牛生活在一起,每当狮子来袭时,它们摆出阵势让狮子没办法取胜。这一次,狮子想出了另外一种方法……

sān tóu gōng niú hé mù de zài yì qǐ shēng huó zhe yì
三头公牛和睦地在一起生活着。一

tiān shī zi lái xí jī tā men sān tóu gōng niú bǎi kāi zhèn
天,狮子来袭击它们,三头公牛摆开阵

shì yíng dí kě jīn tiān shī zi zhǐ shì sǐ dīng zhù qí zhōng
势迎敌。可今天,狮子只是死盯住其中

de yì tóu gōng niú bèi cháng shí jiān dīng zhù de gōng niú xīn qíng
的一头公牛。被长时间盯住的公牛心情

fēi cháng jǐn zhāng jí zào mán yuàn dào
非常紧张急躁,埋怨道:

名师讲堂

狮子改变攻击方法,只向一头牛发起攻击,这就使得其中一头牛比较辛苦。

nǐ liǎ zhǐ zhī dao dāi zhe wǒ dōu tǐng bu zhù le
"你俩只知道待着,我都挺不住了,

kuài lái tì ti wǒ ba kě liǎng tóu gōng niú gāng yào zhuǎnshēn
快来替替我吧!"可两头公牛刚要转身,

shī zi lì kè jiù wǎng tā men shēn hòu pǎo gōng niú zhǐ hǎo yòu
狮子立刻就往它们身后跑,公牛只好又

huī fù yuán lái de zhèn shì liǎng tóu gōng niú jiàn shī zi gēn běn
恢复原来的阵势。两头公牛见狮子根本

名师讲堂

这两头牛不能离开原位,不然就让狮子有机可乘了。

bù lǐ cǎi tā men shí jiān yì cháng biàn fàng sōng le jǐng tì
不理睬它们,时间一长便放松了警惕,

yì tóu niú jìng dī xià tóu qù chī cǎo bèi dīng zhù de gōng niú
一头牛竟低下头去吃草。被盯住的公牛

词语理解

气急败坏：呼吸急促，狼狈不堪。形容因愤怒或激动而慌张地说话、回答或喊叫。

qì jí bài huài de shuō
气急败坏地说：

wǒ dōu kuài lèi sǐ le nǐ hái yǒu xīn qíng chī ne
"我都快累死了，你还有心情吃呢！"

fǎn zhèng méi shì chī bǎo le yě hǎo yǒu jìn tóu rù
"反正没事，吃饱了也好有劲投入

zhàn dòu chī cǎo de gōng niú shuō
战斗。"吃草的公牛说。

shuō wán jì xù chī cǎo
说完，继续吃草。

zhè shí shī zi chéng jī pū guò qu yǎo shāng le chī cǎo
这时，狮子乘机扑过去咬伤了吃草

de gōng niú zhuǎnshēn yòu yǎo sǐ háo wú fáng bèi de lìng yì tóu
的公牛。转身又咬死毫无防备的另一头

gōng niú zuì hòu qīng ér yì jǔ de yǎo sǐ le nà tóu bèi dīng
公牛。最后轻而易举地咬死了那头被盯

de jīn pí lì jìn de gōng niú
得筋疲力尽的公牛。

名师讲堂

表现出狮子的动作灵敏和聪明，抓住机会咬死了放松的公牛。

名师点拨

本章主要讲述的是狮子改变策略，专攻一头牛，最终成功咬死三头牛的故事。这个故事告诉我们只有团结才能让弱小战胜强大，如果只顾自己，人心不齐，不管做什么都容易失败。

回味思考

1.狮子是如何咬死三头公牛的？

2.这个故事告诉我们什么道理？

猪八戒吃烙饼
zhū bā jiè chī lào bǐng

名师导读

猪八戒一家有弟兄九人,每次吃饼时,猪八戒会将其他人的饼咬一口。一开始大家以为他会改,便没说他。几年过去了,猪八戒的这个坏习惯改了没有?

猪八戒有七个哥哥、一个弟弟,共弟兄九人,组成了一个十分和睦的家庭。

zhū bā jiè shì hào chī lào bǐng
猪八戒嗜好吃烙饼。

yīn cǐ　　tā men jiā yí rì sān cān dùn
因此，他们家一日三餐顿

dùn chī lào bǐng
顿吃烙饼。

kāi shǐ shí　　zhū bā jiè zǒng shì zǎo zǎo
开始时，猪八戒总是早早

zuò zài zhuō zi páng xiān bǎ dà jiè　èr jiè　sān
坐在桌子旁，先把大戒、二戒、三

jiè　sì jiè　wǔ jiè　liù jiè　qī jiè　jiǔ jiè
戒、四戒、五戒、六戒、七戒、九戒

wǎn li de bǐng yī cì yǎo yí dà kǒu　rán hòu zài ná
碗里的饼依次咬一大口，然后再拿

qǐ zì jǐ de bǐng　xì jiáo màn yàn qi lai
起自己的饼，细嚼慢咽起来。

wèi le wéi hù jiā tíng tuán jié　　dà
为了维护家庭团结，大

jiè　èr jiè　sān jiè　sì jiè　wǔ jiè
戒、二戒、三戒、四戒、五戒、

liù jiè　qī jiè　jiǔ jiè kàn zài yǎn li
六戒、七戒、九戒看在眼里，

shéi yě bú zuò shēng，yí gè gè jiāng cán quē bù quán de bǐng qiāo
谁也不作声，一个个将残缺不全的饼悄

qiāo chī xia qu，xīn li dōu zài shuō，tā huì màn man gǎi de，
悄吃下去，心里都在说，他会慢慢改的，

tā huì màn man gǎi de
他会慢慢改的。

kě shì，jǐ nián guò qu le，zhū bā jiè què méi yǒu
可是，几年过去了，猪八戒却没有

yì diǎn er gǎi de yàng zi，hái shì xiān yǎo bié rén de，hòu
一点儿改的样子，还是先咬别人的，后

chī zì jǐ de。zhōng yú yǒu yì tiān，dà jiā rěn bu zhù le，
吃自己的。终于有一天，大家忍不住了，

jiù zài bā jiè yòu yào zhāng kāi dà zuǐ yǎo bié rén de bǐng shí，
就在八戒又要张开大嘴咬别人的饼时，

dì xiong jǐ gè yì qí shēn shǒu àn zhù le bǐng，shuō："bā jiè，
弟兄几个一齐伸手按住了饼，说："八戒，

nǐ zhè máo bìng hái méi gǎi？wǒ men ràng le nǐ jǐ nián，nǐ
你这毛病还没改？我们让了你几年，你

jiù yì diǎn er yě bú zì jué？"
就一点儿也不自觉？"

"zěn me le？zěn me le？nǐ men yào nào máo dùn
"怎么了？怎么了？你们要闹矛盾

shì bu shì？"zhū bā jiè dèng zhe xuè hóng de yǎn jing rǎng dào，
是不是？"猪八戒瞪着血红的眼睛嚷道，

"nǐ men jìn zài zhè jī máo suàn pí de xiǎo shì shang jīn jīn jì
"你们尽在这鸡毛蒜皮的小事上斤斤计

jiào，tài méi shuǐ píng！tài méi shuǐ píng！yì diǎn er lào bǐng
较，太没水平！太没水平！一点儿烙饼

duō chī yì kǒu shǎo chī yì kǒu yǒu shá liǎo bu qǐ，yě zhí de
多吃一口少吃一口有啥了不起，也值得

zhè yàng chǎo chǎo nào nào？ràng wài rén kàn jian le，hái yǐ wéi
这样吵吵闹闹？让外人看见了，还以为

wǒ men zhēn shì xiē tān zuǐ wú zhī hé zì sī zì lì de rén
我们真是些贪嘴无知和自私自利的人

ne！nǐ men hái yào bu yào jiā tíng tuán jié？nǐ men hái yào
呢！你们还要不要家庭团结？你们还要

名师讲堂

几年过去后
猪八戒一点没有
改变，说明他根本
没有意识到自己
的错误。

名师讲堂

猪八戒不觉
得是自己的错，反
将错推到兄弟身
上，凸显他的不讲
理。

17

bu yào wǒ men zhū jiā de shēng yù
不要我们猪家的声誉？"

dà jiè èr jiè sān jiè sì jiè wǔ jiè liù
大戒、二戒、三戒、四戒、五戒、六

jiè qī jiè jiǔ jiè lèng le bàn shǎng zhǐ hǎo sōng kāi le àn
戒、七戒、九戒愣了半晌，只好松开了按

bǐng de shǒu
饼的手……

xiàn shí shēng huó zhōng yǒu tài duō xiàng zhū bā jiè zhè yàng de
现实生活中有太多像猪八戒这样的

名师讲堂

点名主旨：要
学会维护自己的
利益。

rén duì fu zhè yàng de rén zhǐ yǒu láo láo hù hǎo zì jǐ de
人。对付这样的人只有牢牢护好自己的

xiàn bǐng
馅饼。

名师点拨

　　本文讲述的是猪八戒因每次吃饼时总爱先吃别人一口，最后才吃自己的饼，并与兄弟发生争论的故事。意在讽刺那些蛮不讲理爱占小便宜的人，也告诉我们要学会维护自己的利益。

回味思考

1.八戒听了兄弟的话为何十分生气？
2.面对像猪八戒这样的人，我们应该怎么做？

sān xiōng dì hé yì tóu lú zi
三兄弟和一头驴子

名师导读

兄弟三人有一头驴子,他们三家轮流使用,一家一天,而且谁使用就给驴子喂食,但最后驴子饿死了,这是为什么呢?

xiōng dì sān rén gòng tóng shǐ huan yì tóu lú zi   tā menshāng
兄弟三人共同使唤一头驴子。他们商

dìng   sān jiā lún liú shǐ yòng   yì jiā yì tiān   shéi shǐ yòng shéi jiù
定,三家轮流使用,一家一天,谁使用谁就

děi gěi tā wèi cǎo liào
得给它喂草料。

lún dào lǎo dà shǐ yòng lú zi
轮到老大使用驴子

shí tā xiǎng   lǎo èr míng tiān huì wèi
时他想,老二明天会喂

19

tā de　　jīn tiān jiù shěng diǎn cǎo liào ba
它的，今天就省点草料吧。

lún dào lǎo èr shǐ yòng lǘ zi shí　　tā xiǎng　　lǎo dà
轮到老二使用驴子时，他想，老大
zuó tiān yǐ jing wèi guo tā le　　lǎo sān míng tiān yě huì wèi tā
昨天已经喂过它了，老三明天也会喂它
de　　jīn tiān ma　　jiù bú yòng zài gěi tā wèi sì liào le
的。今天嘛，就不用再给它喂饲料了。

lún dào lǎo sān shǐ yòng lǘ zi shí　　tā xiǎng　　èr gē
轮到老三使用驴子时，他想，二哥
zuó tiān yǐ jing wèi guo tā le　　míng tiān dà gē hái yào wèi de
昨天已经喂过它了，明天大哥还要喂的，
jīn tiān jiù yòng bu zháo zài làng fèi cǎo liào le
今天就用不着再浪费草料了。

sān xiōng dì dōu zhè yàng xiǎng　　dōu zhè yàng zuò　　jié guǒ
三兄弟都这样想，都这样做，结果，
nà tóu kě lián de lǘ zi bèi huó huó de è sǐ le
那头可怜的驴子被活活地饿死了。

名师点拨

本文讲述的是一只驴子被三兄弟轮流喂，结果被饿死的故事。意在讽刺那些贪小便宜,算计他人的人,这样的人最终也不会有好下场的。

回味思考

1.大家为什么都不喂驴子？

2.从这个故事中你学会了什么道理？

tù zi pàn guān
兔子判官

名师导读

有一只饿狼掉到陷阱里,路过的山羊见他可怜将他救出,狼被救出来后便要吃羊,这时羊让兔子来评判狼该不该吃他,兔子会怎么评判呢?

yǒu yì zhī è láng　zài sēn lín li zhǎo dōng xi chī
有一只饿狼, 在森林里找东西吃,

bú liào yì jiǎo tà kōng diào jìn le liè rén àn shè de xiàn jǐng
不料一脚踏空,掉进了猎人暗设的陷阱。

tā zài xiàn jǐng li zhuàn guò lai zhuàn guò qu　jiù shì méi fǎ tiào
他在陷阱里转过来转过去, 就是没法跳

chū lai　yú shì tā jiù dà shēng jiào huan
出来, 于是他就大声叫唤:

词语理解

陷阱:为捕捉野兽或为擒敌而挖的经过伪装的坑,上面覆盖伪装物,踩在上面就掉到坑里。

21

"救命啊！救命啊！"

这时候，恰巧有一只山羊从这里经过，狼一把鼻涕一把眼泪地说："救救我吧，慈善的山羊，我死在这里没关系，家里的孩子们可都要饿死了。"

山羊说："不行，我救了你，你就要吃我！"狼说："我向你赌咒，只要你救了我，我绝不伤害你。"

山羊经不起狼的苦苦哀求，就去找了一根绳子，一头缠在自己的角上，一头扔下陷阱里，把狼拉了出来。

狼得到了自由，就想立刻扑到山羊身上去大嚼一顿，但又觉得应该对山羊说几句话，他说："慈善的山羊，你既然救了我的命，现在我饿得快要死了，请你救命救到底吧！"

山羊说："你可赌过咒不伤害我的啊！"

狼说："我是生来要吃肉的，我怎么

néng ráo le nǐ ne
能 饶 了 你 呢 ？ ”

　　shān yáng zhèng chóu méi fǎ táo tuō shí　kàn jian yì zhī tù
　　山 羊 正 愁 没 法 逃 脱 时 ， 看 见 一 只 兔

zi zǒu le guò lái　jiù shuō　cōng ming de tù zi　qǐng nǐ
子 走 了 过 来 ， 就 说 ： “ 聪 明 的 兔 子 ， 请 你

píng pàn yí xià zhè ge dào li ba
评 判 一 下 这 个 道 理 吧 ！ ”

　　tù zi tīng láng hé shān yáng xù shù le shì qing de jīng
　　兔 子 听 狼 和 山 羊 叙 述 了 事 情 的 经

guò　shuō　nǐ men liǎng gè dōu yǒu dào li　bú guò　wǒ
过 ， 说 ： “ 你 们 两 个 都 有 道 理 。 不 过 ， 我

bù xiāng xìn nǐ men suǒ shuō de shì　qǐng nǐ men bǎ jīng guò biǎo
不 相 信 你 们 所 说 的 事 ， 请 你 们 把 经 过 表

yǎn yí cì　ràng wǒ qīn yǎn kàn yi kàn　wǒ cái hǎo xià pàn
演 一 次 ， 让 我 亲 眼 看 一 看 ， 我 才 好 下 判

duàn　lángchóng xīn tiào xià le xiàn jǐng　bìng qiě jiào huan shān yáng
断 。 ” 狼 重 新 跳 下 了 陷 阱 ， 并 且 叫 唤 山 羊

lái jiù tā
来 救 它 。

名师讲堂

　　狼的理由十
分牵强，表现出它
的言而无信。

名师讲堂

　　兔子让山羊
和狼将事情重新
表演一遍，这样便
可让山羊重新选
择一次了。

23

词语理解

忘恩负义: 忘记别人对自己的好处,背弃了情义,做出对不起别人的事。

zhè shí tù zi zài xiàn jǐng kǒu shàng shuō wàng ēn fù yì
这时,兔子在陷阱口上说:"忘恩负义

de dōng xi nǐ děng dài zhe liè rén de shéng zi ba
的东西,你等待着猎人的绳子吧!"

shān yáng gēn zhe tù zi gāo gāo xìng xìng de zǒu le
山羊跟着兔子,高高兴兴地走了。

名师点拨

本文讲述的是羊将掉在陷阱里的狼救出后,狼要吃了羊,兔子知道后用计让狼重回陷阱的故事。意在讽刺那些恩将仇报的人,他们最终还是会受到惩罚的。

回味思考

1.山羊为什么答应救狼?

2.兔子是怎样让狼重回陷阱的?

狐狸和北极熊
hú li hé běi jí xióng

名师导读

很久以前，北极熊的尾巴长长的，而且特别美丽。到底发生了什么事情，它的尾巴变成了今天这种短短的样子呢？

很久以前，北极熊的尾巴不像现在这么短，
hěn jiǔ yǐ qián běi jí xióng de wěi ba bú xiàng xiàn zài zhè me duǎn

而是长长的。当北极熊在冰上走路
ér shì chángcháng de dāng běi jí xióng zài bīngshang zǒu lù

的时候，拖着的尾巴就像洁白
de shí hou tuō zhe de wěi ba jiù xiàng jié bái

的婚纱长裙，十分漂亮。

狐狸一直很嫉妒北极熊的尾巴，它常想：

名师讲堂

狐狸嫉妒北极熊，为后文的发展作铺垫。

"如果北极熊没有那么漂亮的尾巴，那么世界上就数我的尾巴最美了。"

这一年的冬天很冷，河水表面都结了冰，狐狸看见北极熊走过来，想了一个坏主意。

"噢，又钓上来一条大鱼，好香啊！唉，又吃完了！"狐狸故意大声说道。

名师讲堂

北极熊对鱼非常感兴趣。

"哪儿来的鱼呀？这么冷的天！到处都结冰了。"北极熊连忙问。

"办法是有的，就看你愿不愿动脑子。你只要把河面上的冰砸一个洞，再把尾巴放下去，等感到有什么东西夹住

名师讲堂

狐狸教北极熊如何钓鱼，但这种方法真的能将鱼钓上来吗？

你的尾巴，这时你就把尾巴使劲地拉出洞，大鱼就钓上来了。"狐狸说。

"你钓的那条大鱼就是用这种方法

ma ？ " 北极熊听后半信半疑地问。

名师讲堂

狐狸装作确有其事的样子,让北极熊信以为真。

"当然是啦！你看,我的肚子吃得圆圆的。"狐狸故意鼓胀着肚子,咂咂嘴巴说。

北极熊谢过了狐狸,然后照狐狸的话去做。好冷啊！北极熊冷得直哆嗦。洞口慢慢地结冰了,北极熊以为是钓着大鱼了,就用尽全身力气一拉。结果,

名师讲堂

北极熊漂亮的尾巴没有了,狐狸的计谋得逞了。

北极熊的尾巴给活生生地拉断了,只剩下短短的一截。

从此,狐狸整天扬着火红色的尾巴得意地走来走去。

名师点拨

本章讲述的是狐狸用谎言欺骗了北极熊,使北极熊失去漂亮的尾巴的故事。表现出狐狸的聪明、狡诈,北极熊的贪吃和愚蠢。

回味思考

1.北极熊以前的尾巴是什么样子的?

2.北极熊的尾巴怎么变短的?

jīn é
金 鹅

名师导读

　　有对夫妇有三个儿子,老三因为蠢而被人瞧不起。有一天,老三因为他帮助人而得到了一个金鹅,这个金鹅会给他带来怎样的好运呢?

　　很久以前,有一对夫妇有三个儿子。老大、老二都是聪明人,老三叫"蠢儿",别人总是瞧不起他,他干什么事总要吃亏。

　　有一天,老大去森林砍柴,母亲为他准备了香喷喷的蛋糕和美味的葡萄酒。在森林里,他遇见了一位年老的矮人,矮人请求他给自己点食物。

　　老大没有理他,粗鲁地叫他滚开。矮人不走,老大自己走开了。他砍树的时候砍到了自己的肩膀,可他根本不知

名师讲堂

　　先介绍老三做事总吃亏,为后文做铺垫。

名师讲堂

　　表现了老大的无礼。

29

dào zhè shì ǎi rén gǎo de guǐ
道这是矮人搞的鬼。

名师讲堂

老二的待遇和老大的待遇是一样的。

dì èr tiān lǎo èr yě qù kǎn chái tóng yàng yě dài
第二天，老二也去砍柴，同样也带

le dàn gāo hé pú tao jiǔ zài sēn lín li tā yě yù dào
了蛋糕和葡萄酒。在森林里，他也遇到

le yí gè ǎi rén xiàng tā yào dàn gāo hé pú tao jiǔ lǎo
了一个矮人，向他要蛋糕和葡萄酒。老

èr yě gǎn tā zǒu ǎi rén bú dòng lǎo èr zì jǐ zǒu le
二也赶他走。矮人不动，老二自己走了，

tā kǎn shù de shí hou kǎn shāng le zì jǐ de tuǐ
他砍树的时候砍伤了自己的腿。

名师讲堂

老二也因为不帮助矮人，砍伤了自己，说明矮人并不是一个平凡人。

chǔn ér duì fù qin shuō ràng wǒ qù kǎn chái ba
蠢儿对父亲说："让我去砍柴吧！"

fù qin qǐ xiān méi yǒu dā ying chǔn ér què yí zài jiān chí
父亲起先没有答应，蠢儿却一再坚持，

fù qin zhǐ hǎo ràng tā qù le mǔ qin wèi tā zhǔn bèi le huī
父亲只好让他去了。母亲为他准备了灰

li kǎo shú de gān bǐng hé yì píng suān pí jiǔ tā zài sēn lín
里烤熟的干饼和一瓶酸啤酒。他在森林

li tóng yàng yù dào le ǎi rén ǎi
里同样遇到了矮人，矮

rén yě xiàng tā yào chī de hē de
人也向他要吃的喝的。

chǔn ér shuō wǒ de bǐng shì zài
蠢儿说："我的饼是在

灰里烤熟的，啤酒是酸的。如果你不嫌弃，咱们就一块儿吃吧。"

他们坐下来。蠢儿的干饼变成了松软的蛋糕，酸啤酒也变成了上好的葡萄酒。他们好好地吃了一顿。矮人说："你心眼儿好，爱帮助人，我要好好地感谢你。你把路边那棵老树砍倒，树根里的东西会让你得到幸福。"蠢儿马上去砍树，树倒了，树根里有一只鹅，羽毛是纯金的。

他把鹅提起来，来到一家旅馆，准备在那儿过夜。旅馆老板的三个女儿看见金鹅都觉得十分奇怪，她们很想得到金鹅身上的羽毛。当老大抓住金鹅的翅膀，正准备拔毛的时候，手却被粘住了。同样，老二、老三也一个接一个地被粘住了。

第二天，蠢儿牵着金鹅离开旅馆，

31

不理睬三个女孩子。有位教士看见三个女孩子紧跟着一个小伙子在奔跑,便责备她们:"这成何体统?"他边说边拉住最小的女孩。想把她拉开,可他也被粘住了。他们没跑几步,教堂的司事走来,想把教士拉开,可没想到自己也被粘住了。他们跑着跑着,看见两个农夫,想请农夫帮忙,农夫走过来,可是也被粘住了,队伍又增加了两个人。

这支滑稽的队伍进了城。当地国王有个女儿,总是不笑。为此,国王宣布:"谁能使公主开颜一笑,就把公主嫁给他。"蠢儿听到这项通告,就带着这支队伍来见公主,公主一看,忍俊不禁。蠢儿找到国王,要求做公主的丈夫。国王不答应,就故意刁难蠢儿,让他找来一个一次能喝完一地窖葡萄酒的人。

蠢儿去砍树的地方找矮人帮忙。在

ǎi rén nà li　　tā tīng jiàn yǒu rén shuō zì jǐ hěn kě　　zhǐ
矮人那里，他听见有人说自己很渴，只

néng hē pú tao jiǔ
能喝葡萄酒。

chǔn ér bǎ nà ge rén dài dào guó wáng de jiǔ jiào　　bú
蠢儿把那个人带到国王的酒窖，不

dào yì tiān　　jiǔ jiào bèi hē de dī jiǔ bú shèng
到一天，酒窖被喝得滴酒不剩。

guó wáng zài　cì diāo nàn chǔn ér　　ràng tā zhǎo lái
国王再次刁难蠢儿，让他找来

yí gè yì kǒu qì néng chī wán sān wàn gè miàn bāo de rén
一个一口气能吃完三万个面包的人。

chǔn ér zài cì lái dào kǎn shù de dì fang　　kàn dào
蠢儿再次来到砍树的地方，看到

yí gè rén shuō tā zì jǐ è de kuài sǐ le
一个人说他自己饿得快死了。

chǔn ér bǎ nà rén dài dào guó wáng nà li　　bú
蠢儿把那人带到国王那里，不

dào yì tiān　　tā chī guāng le guó wáng chéng duī de
到一天，他吃光了国王成堆的

33

miàn bāo
面包。

chǔn ér yòu qù jiàn guó wáng guó wáng shuō nǐ qù
蠢儿又去见国王。国王说："你去
zào yì sōu néng zài lù dì shang xíng zǒu de chuán nǐ zuò zhè sōu
造一艘能在陆地上行走的船。你坐这艘
chuán lái wǒ jiù bǎ gōng zhǔ jià gěi nǐ chǔn ér lái dào sēn
船来，我就把公主嫁给你。"蠢儿来到森
lín ǎi rén děng zài nà li chuán yǐ zào hǎo le
林，矮人等在那里，船已造好了。

wǒ chī le nǐ de miàn bāo hé jiǔ zhè suàn shì huí
"我吃了你的面包和酒，这算是回
bào nǐ de nǐ kāi zǒu ba ǎi rén shuō chǔn ér kāi zhe
报你的，你开走吧。"矮人说。蠢儿开着
zhè sōu néng zài lù dì shang xíng zǒu de chuán qù jiàn guó wáng guó
这艘能在陆地上行走的船去见国王。国
wáng jiàn chǔn ér zhè me cōng míng xīn gān qíng yuàn de wèi tā hé
王见蠢儿这么聪明，心甘情愿地为他和
gōng zhǔ jǔ xíng le shèng dà de hūn lǐ hòu lái yòu bǎ wáng wèi
公主举行了盛大的婚礼，后来又把王位
chuán gěi le tā
传给了他。

名师讲堂

国王再次刁难蠢儿，蠢儿能完成任务吗？

名师讲堂

蠢儿最终迎娶了公主，后来又当上了国王，说明善良的人最终都会获得幸福。

名师点拨

本文讲述的是一个蠢儿在帮助一个矮人后，为了感激他，矮人帮他得到幸福的故事。告诉我们要做一个有善心、爱帮助人的人，这样我们就容易获得幸福。

回味思考

1.老大、老二砍柴为什么受伤？
2.蠢儿是怎样把公主逗笑的？

lǎo láng bá yá
老狼拔牙

名师导读

有一只很坏的狼，因为做了太多坏事，大家一看到它就跑开。为了让大家不再躲着它，老狼想出了一个坏主意……

yǒu yì zhī lǎo láng　　nà shì zhī hěn huài hěn huài de lǎo láng　　tā de
有一只老狼，那是只很坏很坏的老狼，它的

yàng zi yě zhǎng de hěn nán kàn　　yì shēn lài pí　　yì shuāng lǜ yíng yíng de yǎn
样子也长得很难看，一身癞皮，一双绿莹莹的眼

jing　　yì zhāng dà zuǐ　　zuǐ li zhǎng zhe liǎng pái jiān jiān de láng yá
睛，一张大嘴，嘴里长着两排尖尖的狼牙。

tā gàn le xǔ duō huài shì　dà
它干了许多坏事，大

jiā duì tā yòu hèn yòu pà
家对它又恨又怕，

yuǎn yuǎn kàn jian tā de
远远看见它的

35

yǐng zi jiù dōu
影子就都
duǒ kāi le
躲开了。

zhè yì
这一
lái lǎo láng
来，老狼
chī bu dào dōng
吃不到东
xi le dù
西了，肚
zi è de gū gū jiào
子饿得咕咕叫。

tā dūn zài dì shang xīn li dǎ zhe huài zhǔ yi dà
它蹲在地上，心里打着坏主意：大
jiā dōu fáng zhe wǒ zài xiǎng tōu chī bàn bu dào zhè kě zěn
家都防着我，再想偷吃办不到，这可怎
me hǎo
么好！

名师讲堂
表现出老狼
的狡诈和凶残。

ō yǒu le wǒ bǎ huài shì dōu tuī shuō shì wǒ de
哦，有了，我把坏事都推说是我的
yá chǐ gàn de piàn rén jia lái tì wǒ bá yá wǒ jiù bǎ
牙齿干的，骗人家来替我拔牙，我就把
tā ā wū yì kǒu chī diào
它啊呜一口吃掉……

tā jué de zhè ge bàn fǎ hěn hǎo jiù yòng zhǎo zi wǔ
它觉得这个办法很好，就用爪子捂
zhe liǎn jiǎ zhuāng kū qi lai
着脸，假装哭起来。

名师讲堂
表现出长颈
鹿的老实和善良。

zhè shí hou yǒu zhī cháng jǐng lù zǒu guò zhè zhī cháng
这时候，有只长颈鹿走过。这只长
jǐng lù kě zhēn shi lǎo shi tā kàn jian lǎo láng kū de hěn shāng
颈鹿可真是老实，它看见老狼哭得很伤
xīn jiù wèn tā lǎo láng ya nǐ wèi shén me kū ya
心，就问它："老狼呀，你为什么哭呀？"

老狼听见长颈鹿问它，哭得更起劲了。它一边哭，一边说："长颈鹿兄弟……呜呜呜……大家都说我不好，常常干坏事。其实，我的心是很好的，就是我的牙齿不好，它喜欢咬。我恨死它了，可是有什么办法呢？呜呜呜……长颈鹿兄弟，你做做好事，把你的头伸到我的嘴里来，用你的牙齿把我的牙齿拔掉，它就再不能干坏事了。"

老实的长颈鹿看老狼挺可怜，就说："好吧，我来试试看，你把嘴张大些！"

老狼可高兴了，把嘴张得大大的，等长颈鹿把头伸进来，就一口咬住。长颈鹿痛得叫起来："啊呀，你怎么咬我？快放开，快放开！"

老狼死咬住不放。正在这时候，忽然听见背后一声大叫："快放开！快放开！要不，我打死你！"

老狼一听吓得松了口，长颈鹿连忙把头缩回来，一边叫着："哎呀呀，差点把我咬死了！"老狼回头一看，原来来了个小孩子。

小孩子问他们是怎么回事，长颈鹿把事情说了一遍。小孩子问老狼为什么咬它，老狼说："是它弄得我喉咙里痒痒的，我只好把它咬住了。"

小孩子听了笑笑说："我来替你拔，不过，你得把眼睛闭起来，要不，我看见你的眼睛绿莹莹的，很害怕，不敢把头伸进你的嘴里去。"

老狼为了吃小孩子就答应了，闭上眼睛张开大嘴等着。小孩子捡起块大石头塞进老狼的嘴里去。老狼以为是小孩子的头伸进来了，赶紧咬住，嘣的一声，它的牙齿崩碎了，痛得它在地上打滚。

小孩子举起棍子，朝老狼的头上打去，一下就把老狼打死了。

小孩子对长颈鹿说："以后要当心，不要再上当！"

名师讲堂
表现出小孩子的机灵和聪明。

名师讲堂
老狼恶有恶报，最终被小孩打死了。

名师点拨

本章主要讲述的是老狼骗长颈鹿替自己拔牙，正当它准备吃了长颈鹿时，一个小孩出现救了长颈鹿，并打死老狼的故事。它告诉我们要有分辨能力，不能随便相信恶人的谎言，不然会害了自己。

回味思考

1.老狼为什么让长颈鹿给它拔牙？
2.谁救了长颈鹿？

xióng pí rén
熊 皮 人

名师导读

有一位四处流浪的士兵遇到了一个绿衣人,绿衣人让他遵守一个约定,那么他七年后便可成为富翁。他要遵守的约定是什么? 他能否如约完成约定呢?

名师讲堂

介绍士兵的背景,说明他现在过得很惨。

yǒu yí wèi yīng yǒng shàn zhàn de shì bīng zài zhànzhēng jié
有一位英勇善战的士兵,在战争结
shù hòu bèi shàng wèi gǎn zǒu le tā méi yǒu jiā jiù bēi zhe
束后被上尉赶走了。他没有家,就背着
qiāng dào chù liú làng
枪到处流浪。

yì tiān tā zài yě wài pèng jiàn le yí gè lǜ yī rén
一天,他在野外碰见了一个绿衣人。
tā gào su lǜ yī rén zì jǐ shén me dōu méi yǒu kuài yào è
他告诉绿衣人自己什么都没有,快要饿
sǐ le rú guǒ nǐ bù dǎn xiǎo wǒ kě yǐ gěi nǐ yǒng
死了。"如果你不胆小,我可以给你永
yuǎn yě yòng bu wán de qián lǜ yī rén shuō wǒ shì
远也用不完的钱!"绿衣人说。"我是

名师讲堂

表现出士兵的勇敢。

ge shì bīng zěn me huì dǎn xiǎo ne shì bīng dà shēngshuō
个士兵,怎么会胆小呢?"士兵大声说。

wèi le zhèngmíng zì jǐ de dǎn liàng tā shè sǐ le yì
为了证明自己的胆量,他射死了一
zhī hēi xióng nà hǎo lǜ yī rén shuō nǐ chuānshàng
只黑熊。"那好,"绿衣人说,"你穿上
wǒ de lǜ wài tào kǒu dai li lì kè jiù yǒu nǐ yǒng yuǎn yě
我的绿外套,口袋里立刻就有你永远也

用不完的钱。但是你在七年之内不剃头、不洗澡、不刮胡子、不剪指甲。如果你能做到这些，七年后，你将成为一个自由自在的富翁。""我情愿这样做。"士兵说。绿衣人剥下熊皮，让士兵穿上，他说："你要一直穿着这张熊皮。七年后，我们在这儿见面。"

士兵穿上绿衣服，又穿上熊皮，开始周游世界。他的口袋里总有用不完的

名师讲堂

绿衣人的要求年轻人能办到吗？

名师讲堂

绿衣人与士兵做了约定，士兵能够完成吗？

qián yīn wèi tā zǒng shì pī zhe xióng pí rén men jiù jiào tā
钱。因为他总是披着熊皮，人们就叫他

xióng pí rén rì zi yì tiān tiān guò qù le yóu yú tā
"熊皮人"。日子一天天过去了，由于他

bú tì tóu bù jiǎn zhǐ jia biànchéng le yí gè rén rén dōu
不剃头、不剪指甲，变成了一个人人都

hài pà de guài wù dàn tā xīn dì shàn liáng zǒng shì yòng xǔ
害怕的怪物。但他心地善良，总是用许

xǔ duō duō de qián lái bāng zhù qióng rén
许多多的钱来帮助穷人。

名师讲堂

士兵虽然外表吓人，但是内心善良，为后文做铺垫。

dì sì nián tā lái dào yì jiā lǚ diàn lǎo bǎn kàn
第四年，他来到一家旅店。老板看

dào tā nà fù guài mú yàng pà tā xià pǎo kè rén bǎ tā
到他那副怪模样，怕他吓跑客人，把他

ān pái dào zuì hòu mian de yí gè fáng jiān wǎnshang tā tīng
安排到最后面的一个房间。晚上，他听

jiàn gé bì yǒu rén zài kū jiù pǎo qu tàn ge jiū jìng yuán
见隔壁有人在哭，就跑去探个究竟。原

lái nà shì yí gè qióng de kuài yào è sǐ de lǎo rén tā
来，那是一个穷得快要饿死的老人。他

gěi le lǎo rén hěn duō qián lǎo rén gǎn jī de shuō nǐ
给了老人很多钱。老人感激地说："你

名师讲堂

士兵的善良换来老人的感激，告诉我们好人有好报。

bāng le wǒ wǒ yào bǎ wǒ de nǚ ér jià gěi nǐ wǒ yǒu
帮了我，我要把我的女儿嫁给你。我有

sān gè měi lì yòu kě ài de nǚ ér nǐ kě yǐ rèn xuǎn yí gè
三个美丽又可爱的女儿，你可以任选一个。"

lǎo rén lǐng lái le nǚ ér men dà nǚ ér èr nǚ
老人领来了女儿们。大女儿、二女

ér kàn jian xióng pí rén nà fù guài mú yàng dōu xià de pǎo kāi
儿看见熊皮人那副怪模样都吓得跑开

le xiǎo nǚ ér zǒu shàngqián shuō nǐ xīn cháng hǎo jiù le
了。小女儿走上前说："你心肠好，救了

名师讲堂

只有小女儿看重的是内心而不是外貌。

wǒ fù qīn wǒ yuàn yi jià gěi nǐ xióng pí rén cóng shǒu zhǐ
我父亲，我愿意嫁给你。"熊皮人从手指

shang qǔ xià jiè zhǐ zhé wéi liǎng bàn sòng gěi wèi hūn qī yí
上取下戒指，折为两半，送给未婚妻一

半。"三年之后我要娶你。"
他说，"请你每天为我祷告。"

熊皮人走后，小女儿换上了黑衣服，
天天为未婚夫祷告。她一心等着丈夫归
来，全然不理会姐姐们的讥笑。七年过
去了，熊皮人又来到了与绿衣人相约的
地方。他脱掉熊皮，绿衣人为他理发、
洗浴……他又变成了一个帅气的小伙子。

他穿上美丽的衣服，坐着马车去见
未婚妻。大女儿、二女儿以为他是有钱

名师讲堂

说明小女儿
的忠诚守信。

名师讲堂

表现出大女
儿、二女儿的势力
和虚荣。

43

de shēn shì　　yú shì wéi zhe tā dà xiàn yīn qín　　zhǐ yǒu xiǎo
的绅士，于是围着他大献殷勤。只有小

nǚ ér chuān zhe hēi yī fu zuò zài yì biān　kàn dōu bú kàn tā
女儿穿着黑衣服坐在一边，看都不看他

yì yǎn
一眼。

名师讲堂

士兵和他的未婚妻靠着这枚戒指相认了。

tā ná chū zì jǐ de yí bàn jiè zhi　dì gěi xiǎo nǚ
他拿出自己的一半戒指，递给小女

ér　xiǎo nǚ ér yě ná chū le zì jǐ de lìng yí bàn liǎng
儿。小女儿也拿出了自己的另一半，两

bàn jiè zhi duì zài yì qǐ
半戒指对在一起。

名师讲堂

士兵最终与小女儿过上了幸福的生活，说明善良的人总会得到幸福。

shì bīng shuō　　wǒ jiù shì dāng nián de xióng pí rén
士兵说："我就是当年的熊皮人，

nǐ de wèi hūn fū　xiǎo nǚ ér jī dòng de liú xià le yǎn
你的未婚夫。"小女儿激动得流下了眼

lèi　tā men jǔ xíng le shèng dà de hūn lǐ　guò zhe xìng fú
泪。他们举行了盛大的婚礼，过着幸福

de shēng huó
的生活。

名师点拨

　　本文讲述的是一位士兵因为遵守与绿衣人的约定成为了熊皮人，最后得到了一位真心爱他的妻子和用不完的财富的故事。告诉我们不能从一个人的外貌来判断他的好坏，拥有一颗善良的心的人最美。

回味思考

1.绿衣人提出了什么要求？

2.小女儿为什么愿意嫁给士兵？

杀巨人的英雄

名师导读

从前，在一座大山里有一个巨人，这巨人经常骚扰附近的百姓，杰克为民除害准备将他杀掉。结果杀了一个后，又有一个巨人来报仇……

从前，有一座大山里有个叫柯魔兰的巨人。这个巨人有十八尺高，相貌十分凶恶，谁见了都害怕。巨人柯魔兰经常下山来掠夺牛羊，使得大山附近的老百姓都不得安宁。有个智勇双全的叫杰克的小伙子决心要为民除害。

一个冬天的夜晚，杰克带上一只号角、一把锹、一把镐，提了一盏灯就上山了。他在山上挖了一个二十尺深、二十尺见方的陷阱，在陷阱上盖上树枝，铺上泥土和草，然后，他大声地吹响了号

名师讲堂

说明巨人的可恨又可恶，大家又都害怕他。

名师讲堂

杰克带这么少东西，能对付巨人吗？

角。巨人惊醒了，怒吼着跑出洞外："自找倒霉的臭小子，我要把你烤了当早饭吃！"可是话音刚落，他一头就栽进了陷阱。杰克用镐狠狠地砸在他的脑袋上，把他打死了。另一个叫布兰德博尔的巨人发誓要为柯魔兰报仇。

一天，布兰德博尔走过森林，看见杰克正在树下休息，就把杰克抓到魔宫，锁进一间堆满人骨头的牢房里，准备晚上当夜宵。

杰克看到牢房的角落里有一根很粗的绳子，把一头打了一个活结，然后守在窗口。过了很久，他看巨人向窗边走来，就用力抛出活结绳，一下拴住了巨人的脑袋。他用尽全力收紧绳子，勒得巨人透不过气来，不一会儿就失去了知觉。杰克敏捷地顺着绳子溜了下去，拔出剑刺透了巨人的心脏。

杰克飞快地跑出魔宫，天快黑的时候，他来到一座漂亮的房子前。杰克敲了敲门，从屋里走出一个巨人。

杰克不知道这个巨人正是布兰德博尔巨人的兄弟威尔士。杰克说自己是个过路人，迷了路，想找个地方借宿一夜。

名师讲堂

威尔士对杰克如此友好,他有何企图呢?

威尔士对他表示欢迎，带他进了一个房间，里边有一张很精致的床。

杰克很快脱了衣服，躺在床上。尽管他感到疲劳，可在陌生巨人的房间里怎么也睡不着。过了一会儿，他听见巨

词语理解

自言自语:自己一个人低声嘀咕。

人在隔壁房间里自言自语道："今晚你还睡在这里，明天你就没有气了。棍子打碎你的脑袋，用来回报我的兄弟。"

杰克听后大吃一惊，原来自己是才

名师讲堂

表现出杰克的淡定与机智,这能使他免遭毒手吗?

出虎口，又落狼窝！他起了床，在房间里摸到了一大段木头。他把木头放在床上，盖好被子，自己躲到角落里去了。

半夜，巨人进了
bàn yè jù rén jìn le

屋，抡起大棒，朝着床
wū lūn qǐ dà bàng cháo zhe chuáng

上的木头打了一顿。巨人
shang de mù tou dǎ le yí dùn jù rén

以为准把杰克的骨头都砸碎了，
yǐ wéi zhǔn bǎ jié kè de gǔ tou dōu zá suì le

就回到自己的房间去了。第二天清早，
jiù huí dào zì jǐ de fáng jiān qù le dì èr tiān qīng zǎo

杰克大模大样地走进巨人的房间。巨人
jié kè dà mú dà yàng de zǒu jìn jù rén de fáng jiān jù rén

吃惊地瞪着圆圆的眼睛问："是你啊？昨
chī jīng de dèng zhe yuán yuán de yǎn jing wèn shì nǐ a zuó

天夜里，你睡得好吗？"杰克满不在乎地
tiān yè li nǐ shuì de hǎo ma jié kè mǎn bú zài hū de

说："我睡得好极了。只不过有只老鼠用
shuō wǒ shuì de hǎo jí le zhǐ bú guò yǒu zhī lǎo shǔ yòng

尾巴敲了我几下。"
wěi ba qiāo le wǒ jǐ xià

听他这么一说，巨人更加惊讶，他
tīng tā zhè me yì shuō jù rén gèng jiā jīng yà tā

转身去端了两大盘麦片糊给杰克吃。杰
zhuǎnshēn qù duān le liǎng dà pán mài piàn hú gěi jié kè chī jié

克趁巨人不注意，解开衣服里的一只皮
kè chèn jù rén bú zhù yì jiě kāi yī fu li de yì zhī pí

口袋，把麦片糊全倒了进去。
kǒu dai bǎ mài piàn hú quán dào le jìn qù

名师讲堂

巨人没想到杰克还活着，表情描写表现出他的惊讶。

名师讲堂

杰克为什么将麦片糊倒进衣服里呢？

chī guo zǎo fàn　jié kè duì jù rén shuō　　wǒ gǎn bǎ
吃过早饭，杰克对巨人说："我敢把

zì jǐ de dù pí pōu kai lai　　shuō zhe　　tā ná qǐ dāo
自己的肚皮剖开来。"说着，他拿起刀，

yí xià zi gē kāi le yī fu li de pí kǒu dai　mài piàn hú
一下子割开了衣服里的皮口袋，麦片糊

huā lā liú le yí dì
哗啦流了一地。

jù rén bù gān xīn zài jié kè miàn qián rèn shū　dà shēng
巨人不甘心在杰克面前认输，大声

shuō　　wǒ yě huì　　　tā yě ná dāo cì jìn le zì jǐ de
说："我也会！"他也拿刀刺进了自己的

dù pí　 zhǐ tīng　pū　 de yì shēng　jù rén zhēng zhá le jǐ
肚皮，只听"扑"的一声，巨人挣扎了几

xià　 dǎo zài dì shang sǐ le　 cóng cǐ　 rén men dōu chēng jié
下，倒在地上死了。从此，人们都称杰

kè shì shā jù rén de yīng xióng
克是杀巨人的英雄。

名师点拨

　　本文讲述的是杰克用智慧除掉三个巨人的故事。告诉我们遇到强于自己的对手要保持冷静，用巧妙的办法赢得胜利。

回味思考

1.布兰德博尔是怎么死的？

2.杰克是一个怎样的人？

吹魔笛的孩子
chuī mó dí de hái zi

名师导读

克诺特在海边发现了一支芦笛，这是一支魔笛。克诺特带着魔笛朝森林里走去，他将会有一段奇妙经历。想知道是怎么回事吗？

有个名叫克诺特的小孩，爸爸妈妈早已死去，他和外祖母住在海边的一所茅屋里。

一天清晨，克诺特在海岸上玩，突然，他在小鹅卵石中间发现了一支芦笛。这时，一个海浪打到了他的脚跟前，随着海浪的"沙沙"声，他听到了说话声："克诺特，你看见海龙王女儿的芦笛了吗？"

"怎么，这是一支魔笛？"克诺特惊奇地说，"小魔笛，你能施魔法让鱼儿游过来吗？"克诺特悠扬地吹起了芦笛。

名师讲堂

介绍主人公克诺特，告诉我们他住在海边。

词语理解

悠扬：形容声音高低起伏、持续和谐。

bù chū jǐ fēn zhōng cóng hǎi miànshang yóu lái le xǔ duō
不出几分钟，从海面上游来了许多

yú kè nuò tè gāo xìng jí le tā lián máng pǎo huí jiā qu
鱼，克诺特高兴极了，他连忙跑回家去

ná lán zi
拿篮子。

kě dāng tā zhuǎn huí lai shí hǎi miànshangshén me yě méi
可当他转回来时，海面上什么也没

yǒu le yuán lái yú er bèi fēi dào zhè er de yě yā hé yě
有了，原来鱼儿被飞到这儿的野鸭和野

tiān é tūn shí le kè nuò tè nán guò jí le shuí zhī zhè
天鹅吞食了。克诺特难过极了，谁知这

shì gāng nào wán hǎi wān nà biān xiǎng qǐ le qiāngshēng měi cì
事刚闹完，海湾那边响起了枪声，每次

qiāngxiǎng dōu yǒu niǎo er zhòngdàn luò rù shuǐzhōng
枪响都有鸟儿中弹落入水中。

zhè shí cóng hǎi wān hòu mian huá chū yì tiáochuán
这时，从海湾后面划出一条船，

chuánshang yǒu sān gè liè rén shì bǐ dé màn lǎo ye hé
船上有三个猎人，是彼得曼老爷和

tā de péng you men
他的朋友们。

shì nǐ a
"是你啊，

kè nuò tè bǐ
克诺特！"彼

名师讲堂

鱼儿被飞来的鸟儿给吃了，克诺特什么也没得到。

得曼老爷招呼道，"你怎么呼唤到这么多鸟？"

"我没呼唤，"克诺特说，"我只是吹芦笛，也许鸟儿喜爱这音乐吧。"

"看来你是个小小音乐家。"彼得曼老爷说。傍晚时分，克诺特沿着森林走去。半路上，他看见一个老头儿吃力地推着一辆载有铁块儿的手推车。"你好，克诺特。"老头儿招呼道，"你怎么这样瘦弱？""我打昨儿起，就没吃过饭！"

克诺特帮老头儿推着车，他们沿着一条石径走了很久，终于来到一个山洞。洞内到处闪烁着耀眼的金银和宝石。

"您就住在这里吗？"克诺特问。

"是的，这是铁宫殿，我是山大王。"说着，老头子竟变成了一个可怕的魔鬼。

老头子一把抓住克诺特的衣领，将他拖到了熊熊燃烧的炉子跟前，说要烧

名师讲堂

克诺特并没有把真相告诉别人，说明他很小心。

名师讲堂

克诺特主动帮老人推车，说明他是一个善良的人。

名师讲堂

老头子竟是一个魔鬼，克诺特会怎样呢？

了他。克
诺特奋力挣
脱了老头儿的
手，连忙跑掉了。跑
着跑着，克诺特冷不防
落到一个深坑里。

克诺特站起身来时，发现
自己站在一座水晶宫里，一些
笨拙的雪人站在两旁，中央立着一个
雪巨人。

雪巨人说："我是雪王，你竟敢闯入
我的地盘，我要把你做成一个圆滚滚的
雪球。喂，来人啊，把这孩子在冰水中
浸七次，然后把他挂在树枝上冻死。"

克诺特这时急中生智，掏出了那根
魔笛，连忙吹了起来。巨人的脸马上变
样了，他止不住"哈哈"大笑起来，笑得

词语理解

急中生智：形容事态紧急的时候，突然想出办法。

冰凌从头发和胡子上掉了下来。不久双膝也缩起来，脑袋滑进了肩膀里，一会儿就粉身碎骨了。所有的侍从也都摔倒了，整个水晶宫变成了一个大雪团。

暴风雪裹住克诺特，把他卷走了。他睁开眼睛，发现自己又站在林间小径上。

克诺特没走几步路，突然见到一片神奇的绿草地，那儿长满了草莓。克诺特感到很饿，想摘几个草莓吃。

他的手刚一碰到草莓，四面八方的草莓都朝他投掷过来。

他俯身仔细一看，这才发现它们不是草莓，而是一些小矮人，在林中空地的绿草墩上坐着矮子国王。

"你好，克诺特！"矮子国王说，"你吓坏了我的臣民！"

"陛下，请原谅我，我实在饿坏了，想摘几个熟草莓吃。"克诺特解释道。

"可怜的孩子，看来你确实很饿。"

矮子国王对侍女说："给他拿点东西来。"

刹那间，从树上爬下成千上万只长腿蜘蛛，它们把克诺特团团围住。

克诺特想用手撕蛛网，可手不听使唤。最后他动弹不得，身不由己地滚到了草地上。这时他脑海里闪过一个念头。

"小矮人们，"克诺特哀求道，"我不仅准备吃蜘蛛腿，连芦苇也愿啃，请帮我从我的衣服里取出芦苇。"

小矮人们听了感到很好奇，都想亲眼看看他怎样把芦苇吃下去。

四个矮人钻进克诺特的口袋，费劲地拉出芦笛，把它塞到了他的嘴里。克诺特含着芦笛，使劲吹了起来。小矮人们听到笛声，各个在哭泣、发抖。

克诺特说："要是你们给我自由，我就让你们停止哭泣。"小矮人们听了克

nuò tè de huà lì kè qù diào tā shēnshang de zhū wǎng sōng
诺特的话，立刻去掉他身上的蛛网，松

kāi tā de shǒu jiǎo
开他的手脚。

yú shì kè nuò tè yòushàng lù le kè nuò tè yuè
于是，克诺特又上路了。克诺特越

guò shù cóng lái dào bǐ dé màn lǎo ye de jiā tā men quán
过树丛，来到彼得曼老爷的家，他们全

jiā zhèng zài chī yā zi
家正在吃鸭子。

名师讲堂

说明彼得曼
老爷家的生活不
错。

bǐ dé màn jiàn le kè nuò tè shuō
彼得曼见了克诺特说：

huān yíng nǐ yīn yuè jiā nǐ chuī xiǎng mó dí ràng wǒ
"欢迎你，音乐家，你吹响魔笛让我

men xīn shǎng xīn shǎng
们欣赏欣赏。"

zūn mìng lǎo yé nǐ men xiǎng tīng wǒ jiù chuī
"遵命！老爷！你们想听，我就吹。"

kè nuò tè tāo chū mó dí háo bú fèi lì de chuī le qǐ lái
克诺特掏出魔笛，毫不费力地吹了起来。

bǐ dé màn lǎo ye tīng le lì kè chuǎn bu guò
彼得曼老爷听了立刻喘不过

qì lai suǒ yǒu de rén dōu zài
气来。所有的人都在

liú lèi shuí yě bù xiǎng chī
流泪，谁也不想吃

měi wèi de yā zi le
美味的鸭子了。

bǐ dé màn lǎo ye yì biān kū qì yì biān kěn qiú
彼得曼老爷一边哭泣，一边恳求：

kuài shōu qǐ nǐ de mó dí dí shēng shǐ wǒ tài shāng xīn le
"快收起你的魔笛，笛声使我太伤心了。"

rú guǒ nín qǐng qiú wǒ rù xí wǒ jiù bǎ mó dí
"如果您请求我入席，我就把魔笛

shōu qi lai
收起来。"

kuài zuò xià hé wǒ men yì qǐ yòng cān ba bǐ
"快坐下和我们一起用餐吧！"彼

dé màn lǎo ye shuō méi duō jiǔ bǐ dé màn lǎo ye hé tā
得曼老爷说。没多久，彼得曼老爷和他

de kè rén dōu zhèn jìng le xià lái kè nuò tè kāi shǐ dà chī
的客人都镇静了下来。克诺特开始大吃

dà hē bǎ tāng xiàn bǐng hé yā zi chī le ge jīng guāng kè
大喝，把汤、馅饼和鸭子吃了个精光，克

nuò tè xīn mǎn yì zú de zǒu le
诺特心满意足地走了。

词语理解

恳求：向别人以一种诚恳真挚的态度请求对方帮助你做事情。

名师讲堂

克诺特最后饱餐了一段，非常满足。

名师点拨

　　本文讲述的是拥有魔笛的孩子克诺特经历的一段奇妙历险的故事。说明克诺特是一位机灵、冷静、足智多谋、善良的小孩。

回味思考

1.克诺特是怎样从雪王手中逃走的？
2.小矮人为什么将克诺特放走了？

cōng ming de xiǎo bǐ ěr
聪明的小比尔

名师导读

有个骄傲的公主喜欢用谜语来为难求婚者,小比尔却回答对了她的问题。公主为了为难他,让他先与熊住一夜。这一夜后,小比尔能安全地活下来吗?

词语理解

骄傲:自以为了不起,看不起别人,骄傲自满。

cóng qián yǒu ge fēi cháng jiāo ào de gōng zhǔ cháng yòng
从前,有个非常骄傲的公主,常用
mí yǔ lái wéi nán qiú hūn zhě cóng méi yǒu rén cāi chū guo tā
谜语来为难求婚者,从没有人猜出过她
chū de mí yǔ yǒu dì xiōng sān gè tā men xiǎng qù pèng peng
出的谜语。有弟兄三个,他们想去碰碰
yùn qi liǎng gè gē ge hěn cōng ming ér xiǎo dì di bǐ ěr
运气。两个哥哥很聪明,而小弟弟比尔
què bǐ jiào bèn tā jiàn liǎng wèi gē ge dōu qù qiú hūn yě
却比较笨。他见两位哥哥都去求婚,也
jiù gēn zhe yì qǐ jìn le gōng
就跟着一起进了宫。

名师讲堂

表现出两个哥哥的自大,与后文他们的表现形成鲜明对比。

dì xiōng sān gè yì tóng lái dào wáng gōng liǎng gè gē ge
弟兄三个一同来到王宫,两个哥哥
dōu chuī xū zì jǐ rú hé cōng ming rú hé yǒu zhì huì kěn
都吹嘘自己如何聪明,如何有智慧,肯
dìng néng cāi zhòng gōng zhǔ chū de mí yǔ
定能猜中公主出的谜语。

gōng zhǔ jiàn lái le dì xiong sān gè jué de fēi cháng yǒu
公主见来了弟兄三个,觉得非常有
qù jiù wèn wǒ tóu shang de liǎng zhǒng tóu fa shì shén me yán
趣,就问:"我头上的两种头发是什么颜

色？"

老大说："是黑色和白色的。"公主说不对，又问老二，他说："是棕色和红色的。"

公主还是说不对，她又问小比尔。

小比尔壮着胆子说："公主头上的头发是金色和银色的。"

公主听得傻了眼，因为小比尔猜对了，可她实在不愿意嫁给小比尔。公主沉思半晌，说："在我和你结婚之前，请

名师讲堂

老大、老二都没答对谜语，小比尔能回答对吗？

61

名师讲堂

为了为难比尔，公主让他先与熊住一晚。

nǐ zài shòupéng li hé xióng zhù shàng yí yè yīn wèi wǒ yào jià
你在兽棚里和熊住上一夜，因为我要嫁

de shì yí wèi yǒng shì
的是一位勇士。"

wǎnshang xiǎo bǐ ěr bèi guān jìn le shòupéng xióngdāng
晚上，小比尔被关进了兽棚，熊当

jí pū shang lai yòngxióngzhǎnghuān yíng tā xiǎo bǐ ěr hěn zhèn
即扑上来，用熊掌欢迎他。小比尔很镇

jìng de qǔ chū jǐ zhī hé tao yǎo kāi lai chī
静地取出几只核桃，咬开来吃。

xióngcháo tā yào hé tao tā què bǎ jǐ kuài shí tou gěi
熊朝他要核桃，他却把几块石头给

le xióng xióng yǎo le jǐ xià yǎo bu kāi zì yán zì yǔ de
了熊。熊咬了几下咬不开，自言自语地

shuō wǒ zhēn shi méi yòng lián ge hé tao yě yǎo
说："我真是没用，连个核桃也咬

bu kāi
不开。"

xiǎo bǐ ěr wā kǔ le xióng
小比尔挖苦了熊

liǎng jù jiē guò xióng dì guo lai de
两句，接过熊递过来的

shí tou mǐn jié de huànchéng hé
石头，敏捷地换成核

tao fàng jìn zuǐ li yǎo kāi le
桃，放进嘴里咬开了。

rán hòu　　tā yòu gěi le xióng jǐ kuài shí tou　　zhí dào
然后，他又给了熊几块石头，直到

xióng bǎ shí tou yǎo kāi　shì qing cái jié shù le
熊把石头咬开，事情才结束了。

hòu lái　　tā yòu qǔ chū yì bǎ xiǎo tí qín lā le le qǐ
后来，他又取出一把小提琴拉了起

lái　 xióng tīng zhe yuè ěr de yīn yuè　　qíng bú zì jīn de tiào
来，熊听着悦耳的音乐，情不自禁地跳

qǐ wǔ lái
起舞来。

tā tiào de shí fēn kāi xīn　　tā wèn xiǎo bǐ ěr　　lā
它跳得十分开心，它问小比尔："拉

xiǎo tí qín róng yì ma
小提琴容易吗？"

tài róng yì le　　tā shuō　　jiù lián xiǎo hái zi yě
"太容易了，"他说，"就连小孩子也

huì lā　 lái　 wǒ jiāo nǐ　 qiáo　 nǐ de zhǐ jia tài cháng
会拉，来，我教你。瞧，你的指甲太长，

huì bǎ qín xián huá duàn de　　ràng wǒ bāng nǐ jiǎn jian ba
会把琴弦划断的，让我帮你剪剪吧！"

shuō zhe　　tā bǎ lǎo hǔ qián zi qǔ chu lai　　ràng xióng bǎ liǎng
说着，他把老虎钳子取出来，让熊把两

gè qián zhuǎ fàng jin qu　　rán hòu jǐn jǐn níng le jǐ xià　　xióng
个前爪放进去，然后紧紧拧了几下。熊

kuáng hǒu zhe　　kě xiǎo bǐ ěr què duǒ zài jiǎo luò li shuì zháo le
狂吼着，可小比尔却躲在角落里睡着了。

dì èr tiān yì zǎo　 gōng zhǔ huān huān xǐ xǐ lái dào shòu
第二天一早，公主欢欢喜喜来到兽

péng　 xīn xiǎng xiǎo bǐ ěr kěn dìng ràng xióng chī jìn le dù zi li
棚，心想小比尔肯定让熊吃进了肚子里，

bú liào tā què jīng shén dǒu sǒu de zhàn zài nà er　 gōng zhǔ méi
不料他却精神抖擞地站在那儿。公主没

yǒu bàn fǎ　　zhǐ hǎo jià gěi le xiǎo bǐ ěr
有办法，只好嫁给了小比尔。

jiù zài tā liǎ zuò mǎ chē qù jiào táng de shí hou　 xiǎo
就在他俩坐马车去教堂的时候，小

bǐ ěr de liǎng gè gē ge zǒu jìn shòu péng fàng le xióng   xióng qì
比尔的两个哥哥走进兽棚放了熊。熊气

de huǒ mào sān zhàng   zài mǎ chē hòu mian pīn mìng de zhuī   dǎ
得火冒三丈，在马车后面拼命地追，打

suàn sī suì xiǎo bǐ ěr   tā fā chū xià rén de hǒu jiào   gōng
算撕碎小比尔，它发出吓人的吼叫。公

zhǔ kàn jian le   xià de bù zhī suǒ cuò   gāo shēng hǎn dào   wǒ
主看见了，吓得**不知所措**，高声喊道："我

de shàng dì   xióng lái le   qīn ài de   zán men wán le
的上帝，熊来了。亲爱的，咱们完了。"

xiǎo bǐ ěr líng jī yí dòng   bǎ liǎng zhī jiǎo shēn chū chē chuāng
小比尔灵机一动，把两只脚伸出车窗

wài   hǎn dào   kuài lái a   xióng   wǒ yǒu gèng dà de lǎo hǔ
外，喊道："快来啊，熊，我有更大的老虎

qián zi duì fu nǐ   xióng shì yì zhāo bèi shé yǎo   shí nián pà
钳子对付你。"熊是一朝被蛇咬，十年怕

jǐng shéng   xià de diào tóu jiù pǎo
井绳，吓得掉头就跑。

xiǎo bǐ ěr hé gōng zhǔ jǔ xíng le shèng dà de hūn lǐ
小比尔和公主举行了盛大的婚礼，

tā liǎ xiàng xiǎo niǎo yí yàng guò zhe xìng fú de shēng huó
他俩像小鸟一样过着幸福的生活。

名师点拨

　　本文讲述的是小比尔如何成功娶到骄傲的公主，并过上幸福生活的故事。告诉我们遇到困难时要沉着冷静地应对，智慧是解决难题的有效法宝。

回味思考

1.小比尔是怎样剪掉熊的指甲的？
2.比尔是个怎样的人？

上坡还是下坡

名师导读

小猎狗与小白兔准备在山坡上比赛赛跑,但是它们是跑上坡呢,还是下坡呢? 小猎狗思考了一番之后,决定去请教大乌龟……

小猎狗和小白兔在一个山坡上赛跑。山坡很陡,很长,是一条好跑道。它们是比赛上坡呢,还是比赛下坡? 一时没有定下来。

小白兔说:"上坡下坡都一样,随便吧!"

小猎狗却动了动脑筋:"上坡要比下坡累,比上坡准能赢。"可是小猎狗没有马上定下来,它还得想一想。

小猎狗听说大乌龟曾经和小白兔赛跑过,而且跑在小白兔前头。它跑去找

名师讲堂

介绍小白兔和小猎狗要跑步的这个山坡。

名师讲堂

小猎狗想得比较多,说明考虑事情周全。

dà wū guī   wèn tā yǒu shén me jué qiào
大乌龟，问它有什么诀窍？

dà wū guī shuō   nǎ yǒu shén me jué qiào dāng shí wǒ
大乌龟说："哪有什么诀窍，当时我

luò hòu le   zhǐ shì xiǎo bái tù tài jiāo ào   yǐ wéi wǒ bǐ
落后了，只是小白兔太骄傲，以为我比

bu guò tā   jiù zài bàn lù shàng dǎ kē shuì le   děng tā xǐng
不过它，就在半路上打瞌睡了。等它醒

lái wǒ yǐ jing pǎo dào zhōng diǎn le
来，我已经跑到终点了。"

名师讲堂

大乌龟说明了龟兔赛跑时，小白兔输的原因。

xiǎo liè gǒu shuō   zhè yì huí tā jué bú huì zài dǎ
小猎狗说："这一回它决不会再打

kē shuì le   wǒ zhǐ yǒu pīn mìng de kuài pǎo cái xíng
瞌睡了，我只有拼命地快跑才行。"

dà wū guī shuō   sài pǎo shì tǐ yù yùn dòng guāng píng
大乌龟说："赛跑是体育运动，光凭

tǐ lì hái bù xíng   hái yào yǒu qiǎo jìn   bǎ zì jǐ de tè
体力还不行，还要有巧劲，把自己的特

cháng fā huī chū lai shèng lì cái yǒu xī wàng
长发挥出来，胜利才有希望。"

名师讲堂

说明想要赢得比赛，需要发挥自己的特长。

xiǎo liè gǒu shuō   nà me
小猎狗说："那么，

wǒ gēn xiǎo bái tù sài pǎo bǐ shàng
我跟小白兔赛跑比上

pō hǎo   hái shì bǐ xià pō hǎo
坡好，还是比下坡好？"

大乌龟想了想，说："比下坡吧！"

小猎狗问："为什么呢？"

大乌龟蛮有把握地说："先别问，比赛结束后，你就知道啦！"

名师讲堂

表现出大乌龟信心满满的样子。

小猎狗想，大乌龟讲得有道理，比赛下坡。小白兔什么也没想，比下坡就比下坡。

比赛开始了，小猴当裁判。

"各就各位，预备，跑！""砰"的一声枪响，小猎狗和小白兔飞似的冲下坡来。只见小猎狗一路领先，小白兔却连跑带摔，一个劲儿翻跟头，又失败了。

名师讲堂

果然如大乌龟说的那样，小猎狗能够赢得了小白兔。

小朋友，你知道小白兔为啥又输了呢？

名师点拨

本章讲述的是小白兔和小猎狗赛跑，小猎狗赢得比赛的故事。它告诉我们不管做什么事情都要先做好充足的准备。

回味思考

小白兔为什么又输了？

tiào tiao hé guā gua
跳跳和呱呱

名师导读

青蛙跳跳和呱呱分别住在山北边和山南边的城市。有一天，他们约着在路上见面。你想知道他们见面之后发生了什么有趣的事吗？

qīng wā tiào tiao zhù zài shān běi biān de yí gè chéng shì
青蛙跳跳住在山北边的一个城市
lǐ   tā hěn ài dǎ diàn huà
里，他很爱打电话。

qīng wā guā gua zhù zài shān nán biān de yí gè chéng shì
青蛙呱呱住在山南边的一
gè chéng shì lǐ   tā yě ài dǎ diàn huà
个城市里，他也爱打电话。

zhè tiān   tiào tiao gěi guā gua dǎ lái diàn
这天，跳跳给呱呱打来电

huà wèi wǒ shì tiào tiao
话："喂，我是跳跳！"

wèi wǒ shì guā gua
"喂，我是呱呱！"

wǒ hěn xiǎng jiàn dào nǐ guā gua
"我很想见到你，呱呱！"

wǒ yě xiǎng tóng nǐ jiàn jian miàn tiào tiao
"我也想同你见见面，跳跳！"

名师讲堂

两只青蛙都想见到对方。

yú shì tiào tiao hé guā gua zài diàn huà li shāngliang hǎo
于是，跳跳和呱呱在电话里商量好

míng tiān yì tóng chū fā zài lù shangpèng miàn
明天一同出发，在路上碰面。

dì èr tiān tiào tiao bēi shàng lǚ xíng bāo kāi shǐ wǎng
第二天，跳跳背上旅行包，开始往

nán mian zǒu shùn zhe dà lù zǒu de jí guā gua dài shàng zhǐ
南面走，顺着大路走得急；呱呱带上指

nán zhēn kāi shǐ wǎng běi mian zǒu yán zhe shān dào xiàng qián jìn
南针，开始往北面走，沿着山道向前进。

名师讲堂

跳跳往南面走，两只青蛙终于要见面了，让人不禁好奇见面之后两人会怎样？

tā men pá ya tiào ya zǒu ya yì zhí zǒu dào xià
他们爬呀，跳呀，走呀，一直走到下

wǔ cái lái dào shān dǐngshang
午，才来到山顶上。

tā men zài shān dǐngshangxiāng yù le jīng guò zì wǒ jiè
他们在山顶上相遇了，经过自我介

shào liǎng gè péng you zhōng yú rèn shi le
绍，两个朋友终于认识了。

tiào tiao shuō wǒ shì cóng shān běi bian guò lai de wǒ
跳跳说："我是从山北边过来的，我

men nà zuò chéng shì yǒu zuò hóng sè de diàn shì tǎ
们那座城市有座红色的电视塔。"

guā gua shuō wǒ shì cóng shān nán bian guò lai de wǒ
呱呱说："我是从山南边过来的，我

men nà zuò chéng shì yǒu zuò lǜ sè de dà qiáo
们那座城市有座绿色的大桥！"

名师讲堂

北方有红色的电视塔，南边有绿色的大桥，两个人相互介绍自己城市的特点，表现出对新朋友的喜爱。

hǎo wǒ men xiān lái kàn kan ba tiào tiao shuō
"好，我们先来看看吧！"跳跳说。

"对，站在这山上就能看得见！"呱呱说。

于是两只青蛙支起后腿，手搭着手，站直了身子。

呱呱说："咦，我看见的怎么是红色的电视塔，不是绿色的大桥？"跳跳说："我看见的也不对，为什么是绿色的大桥，不是红色的电视塔？"这时，树上的小猴说话了，"嘻嘻，你们真是小傻瓜！"小

hóu yòu shuō　　　　nǐ men yǎn jing shì zhǎng zài tóu shàngfāng de　　yí
猴又说："你们眼睛是长在头上方的，一

zhàn qǐ lai　bú shì jiù wǎng hòu wàng le　ma
站起来，不是就往后望了吗？"

liǎng zhī qīng wā liǎn hóng le　shuō　　duì　wǒ men zěn
两只青蛙脸红了，说："对，我们怎

me méi zhù yì　ne
么没注意呢？"

yú shì　　tiào tiao hé guā gua jiāo huàn le wèi zhi　chóng
于是，跳跳和呱呱交换了位置，重

xīn yòu zhàn lì qǐ lai　dā qǐ le shǒu
新又站立起来，搭起了手。

guā gua shuō　　kàn jian le　duō me piào liang de lǜ sè
呱呱说："看见了，多么漂亮的绿色

dà qiáo ya　　　wǒ yě kàn jian le　　hóng sè de diàn shì
大桥呀！""我也看见了，红色的电视

tǎ　　tiào tiao shuō
塔！"跳跳说。

名师讲堂

解释了他们为什么看到的不是自己城市的风景，让人恍然大悟。

名师讲堂

调换了位置的呱呱和跳跳终于看到了自己的城市。

名师点拨

　　本文讲述的是跳跳和呱呱相约在两个城市之间的路上见面，见面后相互认识的故事。告诉我们做什么事情都要动脑筋，要从实际出发，不然会犯简单的错误。

回味思考

1.北边的城市有什么？
2.南边的城市有什么？

71

牧童

mù tóng

名师导读

国王听说有个牧童非常聪明，并派人将牧童找了过来。他给牧童出了三个问题，你猜牧童能回答出来吗？

名师讲堂

这个牧童因为他的聪明而被人们所知。

从前有个牧童，他对所有问题都能作出聪明的回答，因此他在全国各地都很著名。

国王也听到这个消息，便派人把牧童叫了去。

名师讲堂

牧童如果回答出国王的问题，国王就会善待他。

"我有三个问题，"国王对他说，"假如你能够回答出来，我就把你当作自己的孩子对待，并且可以生活在这个王宫里。"

"三个什么问题呢？"牧童问道。

"第一个问题是，"国王说，"大海里

dào dǐ yǒu duō shao dī shuǐ
到底有多少滴水？"

mù tóng dá dào　　　nǐ xiān jiào rén bǎ dà dì shang suǒ
牧童答道："你先叫人把大地上所
yǒu de hé dōu dǔ zhù　　zài wǒ hái méi yǒu kāi shǐ shǔ shuǐ dī
有的河都堵住，在我还没有开始数水滴
yǐ qián　　qiān wàn bú yào ràng yì dī shuǐ liú jìn hǎi li qu
以前，千万不要让一滴水流进海里去。
dào nà shí hou　　wǒ jiù huì gào su nǐ dà hǎi li jiū jìng yǒu
到那时候，我就会告诉你大海里究竟有
duō shao dī shuǐ
多少滴水。"

dì èr gè wèn tí　　guó wáng shuō　　tiān kōng zhōng
"第二个问题，"国王说，"天空中
dào dǐ yǒu duō shao kē xīng xing
到底有多少颗星星？"

qǐng gěi wǒ yì zhāng dà yì diǎn er de bái zhǐ　　mù
"请给我一张大一点儿的白纸。"牧
tóng jiē zhe shuō
童接着说。

tā ná qǐ bǐ lai　　zài zhǐ shang huà hěn duō
他拿起笔来，在纸上画很多
hěn duō xì xiǎo de diǎn zi　　zhè xiē diǎn zi ràng rén
很多细小的点子，这些点子让人
kàn le yǎn huā liáo luàn　　rén men
看了眼花缭乱，人们
dāng rán méi fǎ shǔ qīng chu le
当然没法数清楚了。

他说：“天上的星星和纸上点的数目一样，请数一数吧。”

名师讲堂

牧童将数不清的点来比作星星的数目，表现他的聪明机智。

“最后一个问题是，”国王说，“永恒到底有多少秒钟？”

“波兰有一座钻石山，”牧童接着说，“它有一小时路程高，有一小时路宽。每过一百年，就有一只小鸟飞到那儿，用它的嘴巴啄这座山。等到它把这座山啄光，永恒的第一秒钟才算刚刚走过。”

名师讲堂

国王被牧童的智慧折服，将他留在了身边。

“你真聪明，”国王说，“今后你就和我生活在一起了。”

名师点拨

　　文章讲述的是一个聪明的牧童巧答国王三个问题的故事。说明牧童是一个十分机智、聪明、有头脑的人。

回味思考

　　1.牧童是怎么回答天上的星星有多少颗的？

　　2.从文中可以看出牧童是个怎样的人？

tān chī de láng
贪吃的狼

名师导读

有一只贪吃的狼，因为吃了一只羊后还想吃，结果偷羊时被发现，遭到一顿毒打。第二天，它又与狐狸去地窖偷吃肉，这次结果会是如何呢？

láng nà li zhù zhe yì zhī hú li　láng yào qù gàn shén
狼那里住着一只狐狸，狼要去干什
me　nà hú li jiù děi tì tā qù gàn
么，那狐狸就得替它去干。

yǒu yì tiān　tā men liǎ yì qǐ zǒu jìn sēn lín　láng
有一天，它们俩一起走进森林。狼
shuō　hóng hú li　gěi wǒ nòng diǎn chī de lái　yào bù wǒ
说："红狐狸，给我弄点吃的来，要不我
jiù chī le nǐ
就吃了你。"

名师讲堂

狼对狐狸的态度十分不好，表现出狼的凶狠。

hú li dá dào　wǒ zhī dao　yǒu ge cūn zi li yǒu
狐狸答道："我知道，有个村子里有
zhī xiǎo mián yáng　nǐ ruò yǒu xìng qù　wǒ men qù nòng zhī lái
只小绵羊，你若有兴趣，我们去弄只来。"
zhè zhèng duì láng de wèi kǒu　tā men cháo nà cūn zi zǒu qu
这正对狼的胃口。它们朝那村子走去。

hú li tōu le yì zhī xiǎo mián yáng　bǎ tā jiāo gěi láng
狐狸偷了一只小绵羊，把它交给狼，

名师讲堂

狐狸偷了羊之后就离开了，狼又是怎么做的呢？

jiù zhuǎn shēn lí qù　láng chī le nà zhī yáng　què réng bù mǎn
就转身离去。狼吃了那只羊，却仍不满
zú　tā hái xiǎng chī lìng wài jǐ zhī yáng　biàn dào cūn li qù
足，它还想吃另外几只羊，便到村里去

偷。因为它动

作笨拙，惊动了羊妈

妈，羊妈妈开始大叫起来。

农民们应声跑过来，把狼狠狠

地毒打了一顿。狼瘸着腿，逃到狐狸的

身边。

"你把我害苦啦，"它说，"我想去叼

别的羊，农民抓住我，把我毒打了一顿。"

狐狸回答："你为什么这么贪吃呢？"

第二天，它们在外面一起玩时，狼

只能费力地一瘸一拐地走着，但它却仍

然说："红狐狸，给我弄点吃的来，要不

我就吃了你。"

名师讲堂

狐狸很清楚人的行为,说明它早就有去偷肉的打算了。

狐狸回答说:"我知道有一个人,他杀了猪,把肉腌了放在他家的地窖里,我们去拿些来。"

它们来到那人家的地窖。这里有许多的腌肉,狼马上张开大口吃,它想:"我要吃饱为止。"

名师讲堂

狐狸一边吃一边在洞口进出,表现出狐狸的聪明。

狐狸也痛痛快快地吃着肉,并不时地跑到它们来时钻过的那个洞口边,去量量自己是不是还能从这个洞口钻出去。

这时,一个农民因为听到狐狸跳进

tiào chū nòng chū de shēngxiǎng lái dào dì jiào　hú li jiàn lái rén
跳 出 弄 出 的 声 响 来 到 地 窖。狐 狸 见 来 人

le　zhuǎn yǎn jiù cóng dòng kǒu táo le chū qù　láng yě xiǎngwǎng
了，转 眼 就 从 洞 口 逃 了 出 去。狼 也 想 往

wài táo　dàn tā yǐ bǎ dù zi chī de gǔ gu nāng nāng de
外 逃，但 它 已 把 肚 子 吃 得 **鼓 鼓 囊 囊** 的，

wú fǎ zài zuān chū zhè dòng le　nóng mín jǔ zhe gēn cū gùn zi
无 法 再 钻 出 这 洞 了。农 民 举 着 根 粗 棍 子

zǒu guo lai　bǎ láng dǎ sǐ le
走 过 来，把 狼 打 死 了。

词语理解

鼓鼓囊囊：形容口袋、包裹等被塞得很满而撑起来的样子。

名师点拨

　　本文讲述的是一只贪吃的狼因吃太多无法从洞口逃走，最后被打死的故事。意在讽刺那些毫无节制的人。说明不管做什么都要适度，学会控制自己，不然就会被欲望支配，最终没有好下场。

回味思考

1.狼为什么被毒打了一顿？

2.狐狸为什么时不时进出洞口？

会唱歌的骨头

huì chàng gē de gǔ tou

名师导读

国王为了让人去杀死森林里凶恶的野猪，许诺只要谁办到了就将女儿嫁给他。两兄弟决定去试一试，最终谁能成功杀死野猪呢？

名师讲堂

说明这头野猪非常凶狠，影响了人们的正常生活。

有一头非常凶恶的野猪，咬死了许多人的牲口，没有哪一个猎人敢走近它出没的森林。

国王向全国发出布告，说谁能杀死野猪，就把自己的女儿嫁给他。

有两个亲兄弟来到了国王的面前，说他们愿意去冒险试一试。国王说：

名师讲堂

兄弟两人从不同的方向去捕杀野猪，到底谁能成功呢？

"为了能早一点找到野猪，你们应从不同的方向走到森林里去。"

于是哥哥从西边走到森林里去，弟弟从东边走到森林里去。弟弟走了一会儿，遇见了一个小矮人，小矮人拿着一根黑色的长矛说：

"因为我知道你心地善良，我把这根矛送给你，你拿着它可以大胆地向野猪刺去，它不会伤害你的。"

弟弟谢了小矮人，扛着矛大胆地朝前走去。不久，他看见野猪向他跑来，他拿起矛对着野猪猛一刺，野猪的心就被刺成了两半。他拖着野猪径直走出森林，看见有一座

xiǎo fáng zi
小房子，

hǎo duō rén zài nà li tiào
好多人在那里跳

wǔ hē jiǔ tā de gē ge yě zài
舞、喝酒，他的哥哥也在

nà li
那里。

yuán lái gē ge shì xiǎng xiān hē diǎn jiǔ zhuàng zhuang dǎn
原来哥哥是想先喝点酒壮壮胆，

zài qù zhǎo yě zhū tā kàn jian dì di tuō zhe yě zhū cóng sēn
再去找野猪。他看见弟弟拖着野猪从森

lín li zǒu chū lai jí dù hé jiān zhà de xīn shǐ tā bù ān
林里走出来，嫉妒和奸诈的心使他不安

níng le tā dào le yì bēi jiǔ jiào dì di hē dì di bǎ
宁了。他倒了一杯酒叫弟弟喝，弟弟把

xiǎo ǎi rén hé nà gēn cháng máo de shì dōu gào su le tā
小矮人和那根长矛的事都告诉了他。

dào le wǎnshang tā men yì qǐ wǎng huí zǒu zǒu dào
到了晚上，他们一起往回走。走到

yì tiáo hé shang de xiǎo qiáo shí gē ge ràng dì di xiān zǒu
一条河上的小桥时，哥哥让弟弟先走，

dì di gāng zǒu le liǎng bù gē ge zài hòu mian měng yì tuī
弟弟刚走了两步，哥哥在后面猛一推，

dì di diē dào qiáo xià shuāi sǐ le gē ge bǎ tā mái zài qiáo
弟弟跌到桥下摔死了。哥哥把他埋在桥

xià bian rán hòu yí gè rén tuō zhe yě zhū sòng gěi le guó wáng
下边，然后一个人拖着野猪送给了国王，

名师讲堂

哥哥看到弟弟成功后，套出弟弟成功的原因。从中可以看出哥哥的阴险。

名师讲堂

哥哥杀死了弟弟，抢占了他的功劳。表现出哥哥的狠毒。

于是他得到了国王的女儿做妻子。弟弟

再没有回来，人们想，他一定是叫野猪

咬死了。

很多年之后，一个牧羊人赶着一群

羊过桥，看见桥底下的河里有一根雪白

的小骨头，就走到桥下把骨头捡起来，

刻成了一支短笛，他一吹这短笛，小骨

头就唱起歌来：

"啊，可爱的牧羊人，

我的哥哥，

埋我在桥下，

为了那头野猪，

他好去娶公主。"

牧羊人大为惊讶，他想："这是一只

奇怪的笛子，自己会唱歌，应该把它送

给国王。"他把笛子送给国王的时候，笛

子又开始唱歌。

国王明白了，叫人把桥下的河土挖

kāi，dì di de zhěng gè gǔ gé dōu chū xiàn le，nà è dú
开，弟弟的整个骨骼都出现了，那恶毒

de gē ge bù dé bù chéng rèn zì jǐ de zuì xíng，tā bèi féng
的哥哥不得不承认自己的罪行，他被缝

名师讲堂

哥哥最终受到了惩罚，而弟弟的冤屈也得到了洗刷。

zài yí gè bù dài li，rēng jìn hé li yān sǐ le。dì di
在一个布袋里，扔进河里淹死了。弟弟

de gǔ tou bèi yí dào jiào táng de mù dì li，mái zài le yí
的骨头被移到教堂的墓地里，埋在了一

gè hěn hǎo de fén li
个很好的坟里。

名师点拨

　　本文讲述的是一对兄弟去抓野猪，而哥哥为了娶公主将弟弟杀害，最终事情真相大白的故事。告诉我们世上没有不透风的墙，坏人终会得到报应的。

回味思考

　　1.弟弟怎样杀了野猪？
　　2.哥哥为了迎娶公主做了什么？

lǚ xíng qù
旅 行 去

有一个穷女人的儿子总想去旅行,但女人没有钱让他旅行。他说他会有办法的,于是开始旅行,你想知道他都遇到了些什么事情吗?

cóng qián yǒu gè qióng nǔ rén tā yǒu yí gè ér zi
从前,有个穷女人,她有一个儿子。

zhè ér zi zǒngxiǎng chū qu lǚ xíng mǔ qin shuō nǐ zěn yàng
这儿子总想出去旅行,母亲说:"你怎样

qù lǚ xíng ne wǒ men méi yǒu yì diǎn qián néngràng nǐ lù shangyòng
去旅行呢?我们没有一点钱能让你路上用。"

ér zi shuō wǒ huì zì jǐ xiǎng bàn fǎ de wǒ
儿子说:"我会自己想办法的。我

huì shuō bù duō bù duō bù duō
会说不多,不多,不多。"

tā jiù zhè yàng zǒu le hǎo xiē rì zi zuǐ li zǒng shì
他就这样走了好些日子,嘴里总是

bù duō bù duō bù duō de shuō ge bù tíng
"不多,不多,不多"地说个不停。

yí cì tā cóng yì qún yú fū nà er jīng guò shuō
一次他从一群渔夫那儿经过,说:

yuànshàng dì bǎo yòu nǐ men bù duō bù duō bù duō
"愿上帝保佑你们!不多,不多,不多。"

nǐ shuō shén me lái zhe xiāng ba lǎo bù duō
"你说什么来着,乡巴佬,'不多'?"

shuō zhe tā men tuō qǐ wǎng lai dǎ zháo de yú guǒ rán bù duō
说着他们拖起网来,打着的鱼果然不多。

名师讲堂

开篇介绍故事里的主人公,穷女人的儿子,总想去旅行。

名师讲堂

从他一直重复一句话可以看出他并不聪明。

85

因此一个人就操起根棍子朝这年轻人打

来，口中说道，"你没瞧见我正打鱼吗？"

"那我该怎么说？"年轻人问。

"你得说：'打一满网，打一满网。'"

于是，他又走了很长时间，口里不断念

道："打一满网，打一满网。"

最后他来到一个绞架旁，那儿正要

处决一个可怜的罪犯。

于是他说："早上好，打一满网，打

一满网。"

"你这家伙说什么？'打一满网'，

难道世上坏蛋还多得是？绞死一个还不

够吗？"这样他背上又挨了几下打。

"那么，我该怎么说呢？"他问。

"你得说'愿上帝保佑这个可怜的

灵魂吧！'"

年轻人又走了很长时间，口里念道：

"愿上帝保佑这个可怜的灵魂吧！"他

名师讲堂

渔夫教了年轻人一句话。

名师讲堂

表现出年轻人的愚蠢，他将渔夫教他的话用在罪犯身上了。

名师讲堂

年轻人又被教了一句话，他能明白这句话的意思吗？

又来到了一条水沟边。那儿站着个人，正在给一匹马剥皮，只听这年轻人说："早上好，愿上帝保佑这个可怜的灵魂吧！"

"你这浑小子，说什么来着？"这剥皮者给了他的耳朵重重一拳，痛得

tā yǎn mào jīn xīng yì shí fēn bu chū nǎ shì dōng nán xī běi
他眼冒金星，一时分不出哪是东南西北。

nà me wǒ gāi shuō shén me
"那么，我该说什么？"

nǐ děi shuō nǐ zhè jiāng shī kuài tǎng jìn gōu li ba
"你得说'你这僵尸，快躺进沟里吧！'"

yú shì tā yòu jì xù wǎng qián zǒu kǒu zhōng niàn dào
于是，他又继续往前走，口中念道：

nǐ zhè jiāng shī kuài tǎng jìn gōu li ba nǐ zhè jiāng shī
"你这僵尸，快躺进沟里吧！你这僵尸，

kuài tǎng jìn gōu li ba
快躺进沟里吧！"

zhè shí tā lái dào yí liàng chéng mǎn rén de mǎ chē páng
这时，他来到一辆乘满人的马车旁，

shuō zǎo shang hǎo nǐ zhè jiāng shī kuài tǎng jìn gōu li
说："早上好，你这僵尸，快躺进沟里

ba huà gāng chū kǒu mǎ chē guǒ rán fān jìn le shuǐ gōu
吧！"话刚出口，马车果然翻进了水沟

li chē fū cāo qǐ mǎ biān gěi le tā yí dùn měng chōu tòng
里，车夫操起马鞭，给了他一顿猛抽，痛

de tā zhǐ hǎo huí dào tā mǔ qīn nà er qù le cóng cǐ
得他只好回到他母亲那儿去了。从此，

tā yí bèi zi zài yě bù chū qu lǚ xíng le
他一辈子再也不出去旅行了。

名师讲堂

年轻人一直重复着别人教给他的话，说明他不愿动脑，只知道鹦鹉学舌。

名师讲堂

年轻人再也不敢旅行了，介绍他最后的下场。

名师点拨

　　本文讲述的是一个只会学别人说话的年轻人在旅行途中所发生的故事。意在讽刺那些只会鹦鹉学舌，不愿动脑筋的人，告诉我们说话要分清场合，要有技巧。

回味思考

1.年轻人为什么被渔夫打？

2.剥马皮者为什么给年轻人一拳？

dàng qiū qiān de xiǎo hóu zi
荡秋千的小猴子

名师导读

猴山上有一只小猴总爱取笑别人,它会拿别人的缺点开玩笑。有一天,小猴摔伤了,伤好之后成了跛脚猴,那些被它嘲笑过的猴子会怎样对它呢?

hóu shānshang yǒu yì zhī xiǎo hóu zi   tā jī ling huó pō   kě dà
猴山上有一只小猴子,它机灵活泼,可大

jiā dōu bù xǐ huan tā   yīn wèi tā zuì ài qǔ xiào bié ren
家都不喜欢它,因为它最爱取笑别人。

yì tiān   xiǎo hóu zi zhèng zài dàng qiū qiān
一天,小猴子正在荡秋千,

yì zhī xiā le yì zhī yǎn jing de hóu zi zǒu guo
一只瞎了一只眼睛的猴子走过

lai   yào hé tā yí kuài er wán   xiǎo hóu zi dà
来,要和它一块儿玩。小猴子大

shēngrǎng dào   zǒu kāi   zǒu kāi   wǒ cái bù gēn
声嚷道:"走开,走开,我才不跟

nǐ wán ne
你玩呢!"

它秋千荡得更高了。一边荡，还一边编起歌儿唱：

"独眼龙，打灯笼，

只见西来不见东。"

独眼猴被气跑了。嘻嘻，小猴子得意地笑了。

这时，一只跛脚的猴子正朝这边走来。小猴子又尖声尖气唱起来：

"跛脚杆，脚杆跛，

走起路来拐一拐。"

跛脚猴瞪了它一眼，气得转身就走。咯咯，小猴子笑得上气不接下气。

小猴子在秋千上荡呀荡，眨巴着眼睛，东瞧西看。咦，一只驼了背的老猴子，正坐在树上给它的孩子抓痒，小猴子又唱开了：

"驼背驼，像骆驼，

背上背着一大坨。"

91

"扑通"，不好啦！
pū tōng   bù hǎo la

小猴子从秋千上摔下
xiǎo hóu zi cóng qiū qiān shang shuāi xia

来了。"哎哟，哎哟——"
lai le   āi yō   āi yō

小猴子痛得在地上直打滚。
xiǎo hóu zi tòng de zài dì shang zhí dǎ gǔn

听到小猴子的哭声，
tīng dào xiǎo hóu zi de kū shēng

驼背老猴子跑来了，独眼猴和跛
tuó bèi lǎo hóu zi pǎo lái le   dú yǎn hóu hé bǒ

脚猴也跑来了。它们扶起小猴子一看：
jiǎo hóu yě pǎo lái le   tā men fú qǐ xiǎo hóu zi yí kàn

腿摔断了。驼背老猴子忙给它接骨，跛
tuǐ shuāi duàn le   tuó bèi lǎo hóu zi máng gěi tā jiē gǔ   bǒ

脚猴给它上夹板，独眼猴给它扎绷带。
jiǎo hóu gěi tā shàng jiā bǎn   dú yǎn hóu gěi tā zā bēng dài

过了些日子，小猴子的腿好了，能
guò le xiē rì zi   xiǎo hóu zi de tuǐ hǎo le   néng

走路了。可是，骨头长得不好，走起路
zǒu lù le   kě shì   gǔ tou zhǎng de bù hǎo   zǒu qǐ lù

来一跛一跛的。小猴子万万没有想到，
lai yì bǒ yì bǒ de   xiǎo hóu zi wàn wàn méi yǒu xiǎng dào

自己也成了一只跛脚猴，多难看呀。它
zì jǐ yě chéng le yì zhī bǒ jiǎo hóu   duō nán kàn ya   tā

名师讲堂

小猴子的哭声将那些被它嘲笑过的猴子吸引来了，大家也会嘲笑它吗？它们会怎么做呢？

wū wū de kū le qǐ lái　　xiǎo hóu zi　nǐ zěn me la
呜呜地哭了起来。"小猴子，你怎么啦？"

tuó bèi lǎo hóu wèn　　　　wǒ de tuǐ cán fèi le　　bié ren huì
驼背老猴问。"我的腿残废了，别人会

xiào wǒ de
笑我的。"

　　zěn me huì ne　　xiàn zài dà huǒ er bú shì bǐ yǐ
"怎么会呢？现在大伙儿不是比以

qián gèng ài hù nǐ le ma　　zhǐ yào nǐ bú zì jǐ kàn bu qǐ
前更爱护你了吗？只要你不自己看不起

zì jǐ　　shéi dōu bú huì qǔ xiào nǐ de
自己，谁都不会取笑你的。"

xiǎo hóu xiǎng dào yǐ qián　　jué de hěn bù hǎo yì si
小猴想到以前，觉得很不好意思。

名师点拨

　　本文讲述的是一只爱嘲笑别的猴子的小猴子腿残后，受到大家爱护的故事。告诉我们不要拿别人的缺点开玩笑，要设身处地为别人着想。就算身上有缺点，只要自己看得起自己，别人也不会取笑你的。

回味思考

1.大家为什么不喜欢小猴子？

2.从这个故事中你学会了什么？

niú hǔ xiōng dì
牛虎兄弟

名师导读

山里的老灰狼想吃掉老虎和野牛，但老虎和野牛是一对好兄弟，老狼对付不了他们。于是他开始在老虎和野牛中间挑拨，他的计谋能成功吗？

词语理解

狡猾：诡诈不可信，狡诈刁钻。

hěn jiǔ hěn jiǔ yǐ qián，shān li yǒu tiáo lǎo huī láng，
很久很久以前，山里有条老灰狼，
tā jiǎo huá yòu xiōng hěn，shānshang de tù zi la、shān yáng la、
他狡猾又凶狠，山上的兔子啦、山羊啦、
hú li la …… quán dōu pà jiàn tā。yào bú shì shānshang hái
狐狸啦……全都怕见他。要不是山上还
zhù zhe yí duì niú hǔ xiōng dì，tā zǎo jiù dú bà shān tóu，
住着一对牛虎兄弟，他早就独霸山头，
chēng qǐ dài wang lai le。
称起大王来了。

niú hǔ xiōng dì jiù shì yì tóu yě
牛虎兄弟就是一头野
niú hé yì zhī lǎo hǔ。shuō qǐ tā liǎ
牛和一只老虎。说起他俩

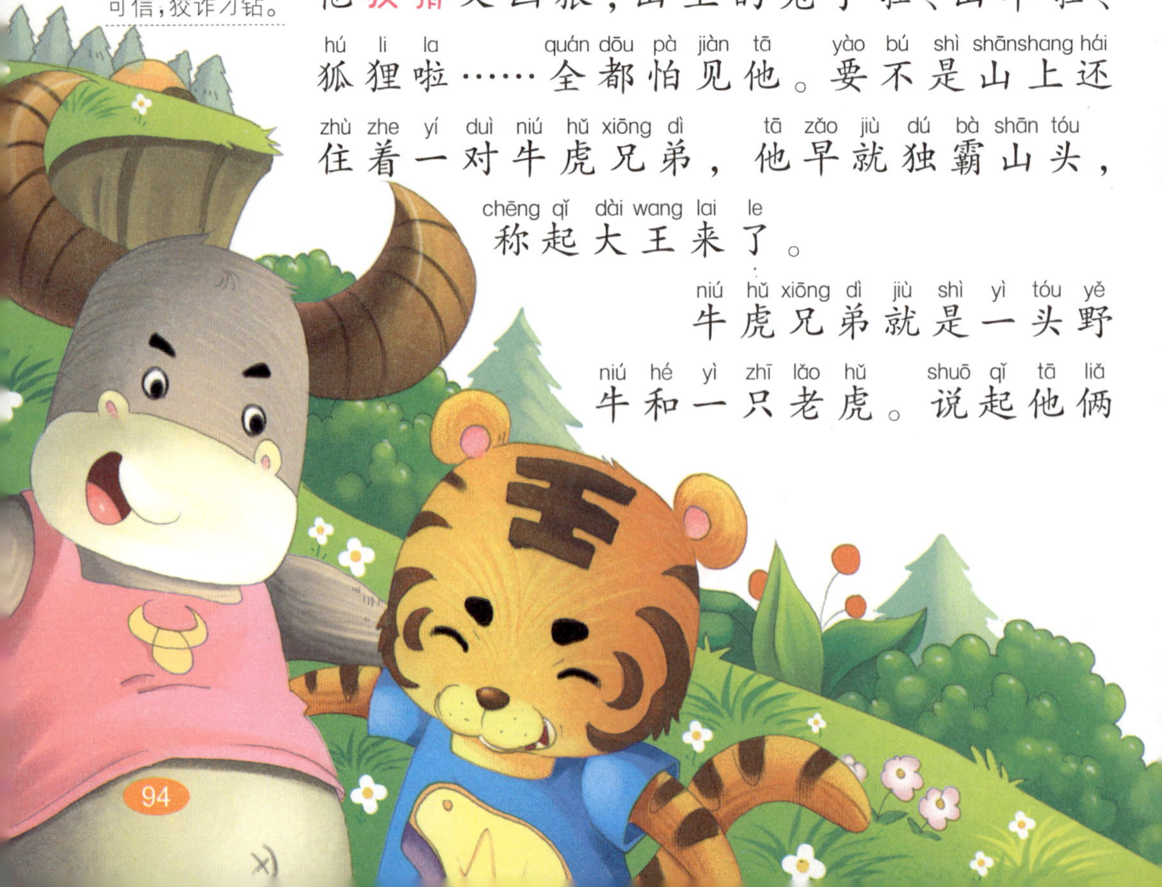

成为兄弟，那还是母老虎活着时候的事。

一天，母老虎刚生下小虎不久，被一棵倒下来的大树压住，动弹不得。这时，刚好被一条才会走路的小野牛看见了。小野牛帮母老虎掀大树，他掀呀掀呀，大树到底掀掉了。可是小野牛骨头嫩，这一折腾，累昏了。母老虎把小野牛衔回自己的窝里，天天同小老虎一起喂奶，慢慢地，他们都长大了。后来母老虎死了，他俩还住在一个窝里。白天，他们分头寻食；晚上，肩靠肩睡觉。他们成了一对"亲兄弟"。

老灰狼一心要吃掉老虎和野牛。可老虎的爪利，野牛的角硬，老灰狼是斗不过它们的。他想，只能另打主意。

这天，老灰狼趁老虎和野牛分头找吃的时候，就偷偷下山找到了野牛。

他假惺惺地说："牛大王，你还蒙在

鼓里呢！刚才我去老虎那里，他正在磨牙练牙，想在夜里把你……"野牛知道老灰狼没打好主意，没等老灰狼说完，就大吼一声："该死的东西！"顺势给了老灰狼一犄角。老灰狼闪得快，才没被戳死。

他见野牛不中计，就跑到老虎身边说："刚才野牛骂你是该死的东西！虎大王，你可得……"老虎根本不相信野牛会骂他，没等老灰狼说完，就大吼一声："你这个狡猾的家伙！"伸出前爪就向老灰狼扑去。亏得老灰狼闪得快，要不准备老虎抓住他的秃尾巴。

老灰狼头一回没成功，可他没死心。

第二天又分头跑到山下去找野牛，到山上去找老虎，重复第一次的坏话，结果又被他们赶跑了。

老灰狼还是不死心，第三天、第四天又去了。直到第十天，牛虎兄弟有点动心了。

老虎问："真的吗？"

野牛也问："是这样吗？"日子一长，野牛和老虎都有些相信老灰狼的话了。

这天，因为一点儿小事，野牛和老虎吵起来，吵着吵着就打起来了。野牛的犄角斗断了，蹄子脱了；老虎的爪子

97

^{zhuā duàn le} ^{yá chǐ yě diào}
抓断了，牙齿也掉

^{le} ^{jié guǒ dōu dòu de biàn shēn shì shāng}
了。结果都斗得遍身是伤，

^{hūn le guò qù}
昏了过去。

^{duǒ zài yì biān de lǎo huī láng yí jiàn} ^{jiù qīng shǒu qīng}
躲在一边的老灰狼一见，就轻手轻

^{jiǎo pá guo lai} ^{chě che yě niú de ěr duo} ^{lā la lǎo hǔ}
脚爬过来，扯扯野牛的耳朵，拉拉老虎

^{de wěi ba} ^{jiàn tā men dōu dòng tan bu de le} ^{biàn bǎ shān}
的尾巴，见他们都动弹不得了，便把山

^{shang de fēi qín zǒu shòu zhào jí zài yì qǐ duì tā men xùn qǐ}
上的飞禽走兽召集在一起对他们训起

^{huà lai} ^{nǐ men kàn kan} ^{yě niú hé lǎo hǔ dōu bèi wǒ dǎ}
话来："你们看看，野牛和老虎都被我打

^{sǐ le} ^{xiàn zài wǒ jiù shì nǐ men de dài wang} ^{wǎng hòu} ^{nǐ}
死了，现在我就是你们的大王，往后，你

^{men dōu děi tīng wǒ de} ^{shuí gǎn wéi kàng} ^{niú hǔ xiōng dì jiù}
们都得听我的。谁敢违抗，牛虎兄弟就

^{shì nǐ men de xià chǎng} ^{shuō zhe} ^{tā yào qù chī hǔ ròu}
是你们的下场！"说着，他要去吃虎肉

^{hé niú ròu}
和牛肉。

名师讲堂

表现出老灰狼得意洋洋的样子。

可是，没等他走到野牛和老虎的跟前，野牛和老虎醒了，看见老灰狼要吃自己的肉，都后悔自己上当了。他们没等老灰狼走到身边，就猛地跳起来，向老灰狼冲去。

老灰狼一见野牛和老虎又活了过来，吓得直往山下逃。野牛和老虎因为刚才互相厮杀没了力气，追了半天也没能追上老灰狼。

老灰狼再也不敢回山上去了，就跑到了草原上。

名师点拨

本文讲述的是一只老灰狼在老虎和野牛之间挑拨，最终被赶到草原上的故事。说明朋友之间应多一点信任，不要让别人有机可乘，要懂得分辨是非，不能偏听偏信。

回味思考

老灰狼是用什么计谋让老虎和野牛反目的？

狮子王摆宴

shī zi wáng bǎi yàn

名师导读

大熊猫要带领着访问团来访问大森林，好客的狮子王让大家积极准备。就在这时，松鼠想到熊猫不爱吃肉，这可怎么办呢？

词语理解

张灯结彩：挂上灯笼，系上彩绸。形容节日或有喜庆事情的景象。

森林里今天可热闹了，处处**张灯结彩**，香味四溢。原来，大熊猫率领一个访问团第一次访问大森林。

狮子王可好客了，早早就传下命令：招待访问团的宴会一定要准备最丰盛的食品。大家正热火朝天地忙碌着，突然，松鼠想起了什么，急忙跑去找狮子王。狮子王正坐在沙发上审查菜单，见松鼠满头大汗地跑进来，连忙问他："出什么事了？"

名师讲堂

设置悬念，松鼠想到什么了呢？吸引读者的阅读兴趣。

松鼠报告说："大王，上次我率访问

名师讲堂

原来狮子准备的那些东西,熊猫不爱吃,这可怎么办呢?

tuán fǎng wèn tā men jiā yuán shí fā xiàn xióng māo bù xǐ huan chī
团访问他们家园时,发现熊猫不喜欢吃

yú ya ròu de ér zuì ài chī nèn zhú zi suǒ yǐ tè xiàng
鱼呀肉的,而最爱吃嫩竹子!所以,特向

nín
您……"

shī zi wáng yì tīng jí de zhí duò jiǎo āi yō nǐ
狮子王一听急得直跺脚:"哎哟,你

zěn me bù zǎo shuō ya fǎng wèn tuán jiù yào dào le zhè kě
怎么不早说呀。访问团就要到了,这可

zěn me bàn ne
怎么办呢?"

tū rán shī zi wáng yì pāi nǎo mén xīng fèn de jiào
突然,狮子王一拍脑门,兴奋地叫

名师讲堂

表现出狮子的聪明,一下子就想到了办法。

hǎn dào yǒu bàn fǎ le fān guò dōng bian nà zuò shān jiù
喊道:"有办法了。翻过东边那座山就

shì yí piàn zhú lín kuài mǎ shàng jiào cháng jiǎo tuó niǎo qù nòng
是一片竹林,快,马上叫长脚鸵鸟去弄

diǎn lái
点来!"

tuó niǎo bú kuì shì cháng pǎo jiàn jiàng tā zhōng yú zài yàn
鸵鸟不愧是长跑健将,他终于在宴

huì kāi shǐ zhī qián nòng huí le xióng māo zuì ài chī de xiān nèn
会开始之前,弄回了熊猫最爱吃的鲜嫩

zhú zi
竹子。

名师点拨

　　本章说的是大熊猫带着访问团来访问大森林,狮子王带着大家积极准备的故事。可以看出狮子王非常热心和友好。

回味思考

　　熊猫爱吃什么?

sān gè xìng yùn ér
三个幸运儿

父亲死之前给三个儿子分别留下了一样东西，三个儿子凭着父亲留下的东西换了许多钱，这究竟是怎么回事呢？

fù qin huàn lái sān gè ér zi gěi lǎo dà yì zhī gōng
父亲唤来三个儿子，给老大一只公

jī gěi lǎo èr yì bǎ lián dāo gěi lǎo sān yì zhī māo rán
鸡，给老二一把镰刀，给老三一只猫，然

hòu shuō wǒ kuài bù xíng le bà ba qióng le yí bèi zi
后说："我快不行了。爸爸穷了一辈子，

méi yǒu shén me liú gěi nǐ men dàn yuàn zhè xiē dōng xi néng gěi
没有什么留给你们，但愿这些东西能给

nǐ men dài lái hǎo yùn qi
你们带来好运气。"

fù qin sǐ hòu lǎo dà bào zhe gōng jī lí kāi le jiā
父亲死后，老大抱着公鸡离开了家

xiāng yí lù shang wú lùn shì chéng shì hái shi xiāng cūn dà
乡。一路上，无论是城市还是乡村，大

jiā dōu zhī dao zhè shì yì zhī gōng jī shéi yě bù bǎ tā dàng
家都知道这是一只公鸡，谁也不把它当

chéng shén qí de dōng xi
成神奇的东西。

kàn lái gōng jī bìng bú huì gěi tā dài lái shén me hǎo yùn
看来，公鸡并不会给他带来什么好运。

hòu lái tā lái dào yí gè dǎo shang zhè er de rén
后来，他来到一个岛上。这儿的人

名师讲堂

三个儿子分别得到了不同的东西，这些东西能带给他们什么好运呢？为后文做铺垫。

名师讲堂

因为大家都知道公鸡，所以老大的公鸡并不受欢迎，他带着公鸡最后能获得好运吗？

bù xiǎo de gōng jī　　 yě bù zhī dao sì jì hé zhòu yè de huà
不晓得公鸡，也不知道四季和昼夜的划

fēn yú shì tā jiù gào su dà jiā　　 zhè shì ge shén qí
分。于是，他就告诉大家："这是个神奇

de dòng wù qiáo tā tóu shang dài zhe hóng bǎo shí wáng fú jiǎo
的动物！瞧他头上戴着红宝石王符，脚

shang shì xiàng qí shì yí yàng de cì zuì shén qí de shì tā
上是像骑士一样的刺。最神奇的是他

néng zǎo shang àn shí huàn nǐ men sān cì zuì hòu yí cì dǎ míng
能早上按时唤你们三次，最后一次打鸣

shí tài yáng jiù chū lai le
时，太阳就出来了。"

zhè er de rén hěn jīng qí tā men jiē shòu gōng jī de
这儿的人很惊奇，他们接受公鸡的

dǎ míng hòu jiù wèn wài xiāng rén nǐ néng bǎ zhè shén qí de
打鸣后，就问外乡人："你能把这神奇的

dòng wù mài gěi wǒ men ma
动物卖给我们吗？"

lǎo dà yào le yì tóu lú néng tuó dòng de qián huān tiān
老大要了一头驴能驮动的钱，欢天

xǐ dì de huí jiā le
喜地地回家了。

liǎng gè dì di kàn dào gē ge tuó huí nà me duō qián
两个弟弟看到哥哥驮回那么多钱，

fēi cháng jīng qí
非常惊奇。

lǎo èr shuō zhè yàng kàn lái wǒ zhè bǎ lián dāo tóng
老二说："这样看来，我这把镰刀同

yàng néng mài ge dà jià qián
样能卖个大价钱。"

kě shì tā shī wàng jí le yí lù shang nóng mín
可是，他失望极了。一路上，农民

men shǒu zhōng gè gè dōu yǒu zhè wán yì er tā jī hū huī xīn
们手中各个都有这玩意儿，他几乎灰心

le hòu lái tā lái dào yí gè mò shēng de dǎo shang zhè
了。后来，他来到一个陌生的岛上，这

名师讲堂

老大将公鸡神奇化，让那些不认识的人觉得神奇，说明他很聪明。

名师讲堂

老大最后用鸡换了很多钱，可以看出公鸡确实给他带来了好运。

儿没有镰刀，人
men shōu gē mài zi shí yòng dà pào
们收割麦子时用大炮
hōng zhè yàng sǔn shī jí dà
轰，这样损失极大。

lǎo èr zài dǎoshang wèi rén men shōu gē
老二在岛上为人们收割
qǐ xiǎo mài lai tā men jué de shí fēn shén qí kàn
起小麦来。他们觉得十分神奇，看
de mù dèng kǒu dāi fēi yào yòng qián mǎi xià zhè bǎ lián dāo
得目瞪口呆，非要用钱买下这把镰刀。
yú shì lǎo èr dé dào yì pǐ mǎ néng tuó dòng de qián xìng
于是，老二得到一匹马能驮动的钱，兴
gāo cǎi liè de huí jiā le
高采烈地回家了。

lǎo sān jiàn liǎng gè gē ge dōu pèngshang le hǎo yùn qi
老三见两个哥哥都碰上了好运气，
yě xiǎng qù shì yi shì tā zài lù dì shangzǒu le hǎo jiǔ
也想去试一试。他在陆地上走了好久，
rén men duì māo dōu bù gǎn xìng qù yīn wèi tā men duō de yào mìng
人们对猫都不感兴趣，因为它们多得要命。
hòu lái tā zuò chuán lái dào yí gè dǎoshang zhè er
后来，他坐船来到一个岛上。这儿
lǎo shǔ héng xíng bà dao gēn běn bù bǎ rén fàng zài yǎn li
老鼠横行霸道，根本不把人放在眼里，

名师讲堂

老二也用镰
刀换来了许多钱，
镰刀给他带来了
好运。

105

rén men jiào kǔ lián tiān dàn shù shǒu wú cè　　jiù lián wánggōng yě
人们叫苦连天但**束手无策**，就连王宫也

shì lǎo shǔ de tiān xià
是老鼠的天下。

lǎo sān jiù ràng māo zhuō qǐ lǎo shǔ lai　hěn kuài　māo
老三就让猫捉起老鼠来，很快，猫

jiù bǎ gōng diàn li de lǎo shǔ quán xiāo miè wán le　guó wáng yòng
就把宫殿里的老鼠全消灭完了，国王用

yì tóu luó zi néng tuó dòng de jīn zi　cóng lǎo sān nà er huàn
一头骡子能驮动的金子，从老三那儿换

xià le zhè zhī shén qí de māo
下了这只神奇的猫。

māo zài wánggōng li zhuā lǎo shǔ de shí jiān yì cháng
猫在王宫里抓老鼠的时间一长，

tā gǎn dào kǒu gān shé zào　jiù zhàn qǐ shēn yáng qǐ tóu
它感到口干舌燥，就站起身，扬起头，

miāo　miāo　de jiào le qǐ lái　guó wáng hé dà chén
"喵！喵"地叫了起来。国王和大臣

men cóng wèi tīng guo zhè zhǒng jiào shēng　xià de pǎo
们从未听过这种叫声，吓得跑

chū le wánggōng　tā men zài wài mian shāng liang
出了王宫。他们在外面商量

le hǎo yí zhèn　jué dìng pài
了好一阵，决定派

shǐ chén dào gōng li qù　qǐng
使臣到宫里去，请

词语理解

束手无策：
策：办法。遇到问题，就像手被捆住一样，一点办法也没有。

名师讲堂

　　猫把宫殿的老鼠捉完了，老三得到了许多金子，老三也得到了好运。

māo lì kè lí kāi ， bù rán jiù bú kè qi le
猫立刻离开，不然就不客气了。

dà chén men shuō yǔ qí ràng zhè jiào māo de jiā huo
大臣们说："与其让这叫猫的家伙

xià sǐ ， hái bù rú chī diǎn lǎo shǔ de kǔ tou ， wǒ men zǎo
吓死，还不如吃点老鼠的苦头，我们早

yǐ xí guàn le ！
已习惯了！"

shǐ chén jìn dào gōng li ，duì māo shuō zūn jìng de xiān
使臣进到宫里，对猫说："尊敬的先

sheng ，qǐng nǐ mǎ shàng lí kāi wánggōng māo què kǒu gān shé zào
生，请你马上离开王宫。"猫却口干舌燥

de huí dá miāo ！ miāo ！ shǐ chén tīng māo shuō bù
地回答："喵！喵！"使臣听猫说："不

jiāo ！ jiù shì bù jiāo ！ tā bǎ zhè huà bào gào gěi guó wáng
交！就是不交！"他把这话报告给国王。

guó wáng fā nù le ，ràng rén men jià qǐ dà pào hōng jī
国王发怒了，让人们架起大炮轰击

wánggōng bù xiǎng māo táo zǒu le ， ér wánggōng què bèi hōng
王宫。不想猫逃走了，而王宫却被轰

kuǎ le
垮了。

名师点拨

本文讲述的是三兄弟用父亲留给他们的东西换得许多钱的故事。告诉我们也许一件东西在某处很常见，但对于需要它的人来说那就是非常值钱的。

回味思考

1.老大怎么用公鸡换得许多钱？

2.大臣们为什么怕猫？

hóu zi gǎn chē

猴子赶车

名师导读

一只猴子看到农夫赶车很慢，很着急，它便自己跑到一户人家套了一匹马和一头牛，马和牛一起拉车会是一个怎样的效果呢？

词语理解

抓耳挠腮：挠：搔。抓抓耳朵，搔搔腮帮子。形容人心里焦急、苦恼、忙乱时无计可施的样子。

yì zhī hóu zi kàn jian nóng fū gǎn zhe chē zài shān lù shang
一只猴子看见农夫赶着车在山路上
huànghuàng yōu yōu de zǒu zhe jí de zhuā ěr náo sāi
晃晃悠悠地走着，急得**抓耳挠腮**。

tā chèn rén bú bèi cuān rù cūn zhōng kàn dào yí hù
它趁人不备，蹿入村中，看到一户
rén jiā yuàn zi li fàng zhe yí liàng jiāo lún dà chē shēng kǒu
人家，院子里放着一辆胶轮大车，牲口
péng li shuān zhe mǎ hé niú tā àn àn gāo xìng xīn xiǎng
棚里拴着马和牛。它暗暗高兴，心想，
zhè xià kě gāi wǒ dà xiǎn shēn shǒu le kě shì tā hū rán
这下可该我大显身手了。可是，它忽然
fán nǎo qǐ lai zhè me duō de shēng chù dào dǐ tào nǎ ge hǎo
烦恼起来：这么多的牲畜到底套哪个好
ne tā xiǎng mǎ pǎo de kuài hái shì tào mǎ ba yú
呢？它想，马跑得快，还是套马吧。于
shì tā bǎ mǎ lā chū lai tào zài jià yuán de wèi zhi shang
是，它把马拉出来，套在驾辕的位置上。
kě tā yòu jué de mǎ pǎo de suī rán kuài dàn shì méi yǒu niú
可它又觉得马跑得虽然快，但是没有牛
yǒu nài lì hé bù bǎ niú yě yì qǐ tào shàng ne jiù zhè
有耐力，何不把牛也一起套上呢？就这

名师讲堂

猴子不知道该套哪一个，那它究竟会怎么办呢？

<ruby>样<rt>yàng</rt></ruby>，<ruby>猴<rt>hóu</rt></ruby><ruby>子<rt>zi</rt></ruby><ruby>急<rt>jí</rt></ruby><ruby>急<rt>jí</rt></ruby><ruby>忙<rt>máng</rt></ruby><ruby>忙<rt>máng</rt></ruby><ruby>地<rt>de</rt></ruby><ruby>套<rt>tào</rt></ruby><ruby>好<rt>hǎo</rt></ruby><ruby>车<rt>chē</rt></ruby>，<ruby>上<rt>shàng</rt></ruby><ruby>了<rt>le</rt></ruby><ruby>大<rt>dà</rt></ruby><ruby>道<rt>dào</rt></ruby>。

<ruby>它<rt>tā</rt></ruby><ruby>想<rt>xiǎng</rt></ruby><ruby>先<rt>xiān</rt></ruby><ruby>看<rt>kàn</rt></ruby><ruby>看<rt>kan</rt></ruby><ruby>马<rt>mǎ</rt></ruby><ruby>跑<rt>pǎo</rt></ruby><ruby>的<rt>de</rt></ruby><ruby>速<rt>sù</rt></ruby><ruby>度<rt>dù</rt></ruby>，<ruby>就<rt>jiù</rt></ruby><ruby>抡<rt>lūn</rt></ruby><ruby>起<rt>qǐ</rt></ruby><ruby>鞭<rt>biān</rt></ruby><ruby>子<rt>zi</rt></ruby><ruby>打<rt>dǎ</rt></ruby><ruby>马<rt>mǎ</rt></ruby>，<ruby>马<rt>mǎ</rt></ruby><ruby>扬<rt>yáng</rt></ruby><ruby>起<rt>qǐ</rt></ruby><ruby>四<rt>sì</rt></ruby><ruby>蹄<rt>tí</rt></ruby><ruby>向<rt>xiàng</rt></ruby><ruby>前<rt>qián</rt></ruby><ruby>奔<rt>bēn</rt></ruby><ruby>跑<rt>pǎo</rt></ruby>。

<ruby>猴<rt>hóu</rt></ruby><ruby>子<rt>zi</rt></ruby><ruby>嫌<rt>xián</rt></ruby><ruby>马<rt>mǎ</rt></ruby><ruby>跑<rt>pǎo</rt></ruby><ruby>得<rt>de</rt></ruby><ruby>慢<rt>màn</rt></ruby>，<ruby>鞭<rt>biān</rt></ruby><ruby>子<rt>zi</rt></ruby><ruby>不<rt>bù</rt></ruby><ruby>停<rt>tíng</rt></ruby><ruby>地<rt>de</rt></ruby><ruby>落<rt>luò</rt></ruby><ruby>在<rt>zài</rt></ruby><ruby>马<rt>mǎ</rt></ruby><ruby>的<rt>de</rt></ruby><ruby>身<rt>shēn</rt></ruby><ruby>上<rt>shang</rt></ruby>。<ruby>可<rt>kě</rt></ruby><ruby>是<rt>shì</rt></ruby>，<ruby>由<rt>yóu</rt></ruby><ruby>于<rt>yú</rt></ruby><ruby>马<rt>mǎ</rt></ruby><ruby>和<rt>hé</rt></ruby><ruby>牛<rt>niú</rt></ruby><ruby>的<rt>de</rt></ruby><ruby>步<rt>bù</rt></ruby><ruby>伐<rt>fá</rt></ruby><ruby>不<rt>bù</rt></ruby><ruby>一<rt>yī</rt></ruby><ruby>致<rt>zhì</rt></ruby>，<ruby>这<rt>zhè</rt></ruby><ruby>下<rt>xià</rt></ruby><ruby>可<rt>kě</rt></ruby><ruby>苦<rt>kǔ</rt></ruby><ruby>了<rt>le</rt></ruby><ruby>马<rt>mǎ</rt></ruby><ruby>了<rt>le</rt></ruby>。<ruby>它<rt>tā</rt></ruby><ruby>不<rt>bù</rt></ruby><ruby>仅<rt>jǐn</rt></ruby><ruby>要<rt>yào</rt></ruby><ruby>拉<rt>lā</rt></ruby><ruby>着<rt>zhe</rt></ruby><ruby>车<rt>chē</rt></ruby>，<ruby>还<rt>hái</rt></ruby><ruby>得<rt>děi</rt></ruby><ruby>拖<rt>tuō</rt></ruby><ruby>着<rt>zhe</rt></ruby><ruby>牛<rt>niú</rt></ruby>，<ruby>不<rt>bù</rt></ruby><ruby>一<rt>yī</rt></ruby><ruby>会<rt>huì</rt></ruby><ruby>儿<rt>er</rt></ruby><ruby>就<rt>jiù</rt></ruby><ruby>跑<rt>pǎo</rt></ruby><ruby>不<rt>bu</rt></ruby><ruby>动<rt>dòng</rt></ruby><ruby>了<rt>le</rt></ruby>。<ruby>猴<rt>hóu</rt></ruby><ruby>子<rt>zi</rt></ruby><ruby>看<rt>kàn</rt></ruby><ruby>见<rt>jian</rt></ruby><ruby>马<rt>mǎ</rt></ruby><ruby>浑<rt>hún</rt></ruby><ruby>身<rt>shēn</rt></ruby><ruby>淌<rt>tǎng</rt></ruby><ruby>汗<rt>hàn</rt></ruby>，<ruby>越<rt>yuè</rt></ruby><ruby>走<rt>zǒu</rt></ruby><ruby>越<rt>yuè</rt></ruby><ruby>慢<rt>màn</rt></ruby>，<ruby>心<rt>xīn</rt></ruby><ruby>想<rt>xiǎng</rt></ruby>，<ruby>你<rt>nǐ</rt></ruby><ruby>也<rt>yě</rt></ruby><ruby>就<rt>jiù</rt></ruby><ruby>这<rt>zhè</rt></ruby><ruby>么<rt>me</rt></ruby><ruby>大<rt>dà</rt></ruby><ruby>的<rt>de</rt></ruby><ruby>能<rt>néng</rt></ruby><ruby>耐<rt>nài</rt></ruby><ruby>了<rt>le</rt></ruby>，<ruby>现<rt>xiàn</rt></ruby><ruby>在<rt>zài</rt></ruby><ruby>该<rt>gāi</rt></ruby><ruby>看<rt>kàn</rt></ruby><ruby>老<rt>lǎo</rt></ruby><ruby>牛<rt>niú</rt></ruby><ruby>的<rt>de</rt></ruby><ruby>了<rt>le</rt></ruby>。<ruby>于<rt>yú</rt></ruby><ruby>是<rt>shì</rt></ruby>，<ruby>它<rt>tā</rt></ruby><ruby>转<rt>zhuǎn</rt></ruby><ruby>而<rt>ér</rt></ruby><ruby>向<rt>xiàng</rt></ruby><ruby>老<rt>lǎo</rt></ruby><ruby>牛<rt>niú</rt></ruby><ruby>加<rt>jiā</rt></ruby><ruby>鞭<rt>biān</rt></ruby>。<ruby>头<rt>tóu</rt></ruby><ruby>几<rt>jǐ</rt></ruby><ruby>鞭<rt>biān</rt></ruby><ruby>子<rt>zi</rt></ruby><ruby>下<rt>xià</rt></ruby><ruby>去<rt>qu</rt></ruby>，<ruby>牛<rt>niú</rt></ruby><ruby>还<rt>hái</rt></ruby><ruby>稍<rt>shāo</rt></ruby><ruby>微<rt>wēi</rt></ruby><ruby>加<rt>jiā</rt></ruby><ruby>快<rt>kuài</rt></ruby><ruby>了<rt>le</rt></ruby><ruby>一<rt>yí</rt></ruby><ruby>下<rt>xià</rt></ruby><ruby>步<rt>bù</rt></ruby><ruby>伐<rt>fá</rt></ruby>，<ruby>可<rt>kě</rt></ruby><ruby>是<rt>shì</rt></ruby><ruby>没<rt>méi</rt></ruby><ruby>走<rt>zǒu</rt></ruby><ruby>几<rt>jǐ</rt></ruby><ruby>步<rt>bù</rt></ruby>

名师讲堂

猴子套好车后，先让马跑了起来。可这样马岂不是要拖着牛前进吗？

名师讲堂

猴子有些瞧不起马，它却不知是自己不会驾驶的原因。

109

yòu màn le xià lái
又慢了下来。

hóu zi yí huì er dǎ mǎ　　yí huì er dǎ niú　　kě
猴子一会儿打马，一会儿打牛，可

shì chē sù què yuè lái yuè màn le　　hòu lái　mǎ hé niú dōu
是车速却越来越慢了。后来，马和牛都

tíng zhù le jiǎo bù　zài yě bù kěn wǎng qián zǒu le
停住了脚步，再也不肯往前走了。

hóu zi qì de áo áo zhí jiào　　mà dào　　zhēn shì wú
猴子气得嗷嗷直叫，骂道："真是无

yòng de dōng xi　liǎng gè dà shēng chù lā yí liàng kōng chē　cái
用的东西，两个大牲畜拉一辆空车，才

zǒu zhè me diǎn lù jiù lèi de bù xíng la　　tā bèng xià chē
走这么点路就累得不行啦？"它蹦下车，

zhuài zhe lǎo niú xiàng qián zǒu　　bú liào bǎ niú cóng tào li lā le
拽着老牛向前走。不料把牛从套里拉了

chū lái　lǎo niú yí xià zi wò zài dì shang　rèn hǒu rèn chuài
出来，老牛一下子卧在地上，任吼任踹，

名师讲堂

猴子赶车的结果是牛和马都不愿再走，说明赶车也是有技巧的。

名师讲堂

说明牛已经累得实在是走不动了。

110

jiù shì bú dòng le　　tā yí qì zhī xià　bǎ lǎo niú rēng zài
就是不动了。它一气之下，把老牛扔在

yì biān　tiào shàng chē　yòu gǎn zhe mǎ xiàng qián zǒu
一边，跳上车，又赶着马向前走。

zhè shí　tā hū rán gǎn dào　chē hǎo xiàng bǐ gāng cái
这时，它忽然感到，车好像比刚才

qīng le xǔ duō　chē sù yě yuè lái yuè kuài le　hóu zi hǎo
轻了许多，车速也越来越快了。猴子好

shēng nà mèn　zhēn shì guài shì　wèi shén me yì pǐ mǎ lā
生纳闷："真是怪事！为什么一匹马拉

chē fǎn dào bǐ mǎ hé niú liǎng gè yì qǐ lā hái kuài ne
车反倒比马和牛两个一起拉还快呢？"

名师讲堂

猴子不懂得牛和马拉车速度不同，事物都有自己的特点，发挥专长，这样才能达到事半功倍的效果。

名师点拨

　　本文讲述的是一只猴子将马和牛同时套在车上赶路的故事。说明每个人的才能都不同，领导者要懂得合理运用，这样才能发挥个人的专长。

回味思考

　　1.马和牛为什么都不肯往前走了？
　　2.从这个故事中你明白了什么道理？

变成牧羊人的狼

biàn chéng mù yáng rén de láng

　　一只饿狼想扮成牧羊人去捉羊，为了将羊引到密林深处，狼学着牧羊人吆喝，但它一吆喝，就被发现了……

　　从前，有一只饿了好几天的狼，很想捉只羊来充饥，但又怕被牧羊人发觉。于是，狼买来牧羊人的服装穿在身上，又捡根棍子当作牧杖，伪装成牧羊人，轻轻走近羊群。

名师讲堂

狼装作牧羊人的样子，它想借此靠近羊群。

　　这时正是中午，真正的牧羊人正躺在草地上休息，牧羊犬和羊群也都趴在地上进入了梦乡。狼为了把羊引到密林深处，觉得还应再吆喝几句。

名师讲堂

狼想将羊群引到密林深处，它能成功吗？

　　谁知狼这一吆喝，却暴露了它的真面目。牧羊人、狗及羊群都被狼的叫声

jīng xǐng le　　　　láng xiǎng gǎn kuài táo diào　　què bèi shēn shang chuān de　yī　fu bàn zhù
惊醒了。狼想赶快逃掉,却被身上穿的衣服绊住,

zuì hòu hái zuò le　mù yáng rén de　fú　lǔ
最后还做了牧羊人的俘虏。

名师点拨

　　本章主要讲述的是狼为了抓羊,将自己伪装起来,结果因为自己的一声吆喝被发现,成了牧羊人的俘虏。这个故事说明,不管骗子如何伪装自己,总会在某些地方露出破绽。

回味思考

　　1.狼准备如何接近羊群?
　　2.狼是如何被发现的?

小虎头活捉大盗贼

名师导读

小虎头遇到了大盗贼,他不顾自身的感冒,一心想将大盗贼抓住。但是,狡猾的大盗贼躲进了雪堆,小虎头该怎么办呢?

有一条狗叫小虎头。一天,他感冒了,一边咳嗽,一边伏在小猪家门口。

倏地,一只秃尾巴老鼠背着口袋,从墙洞里钻了出来。小虎头耳朵一竖:"咦,这不是大盗贼秃尾巴吗?"

尽管小虎头浑身酸疼,可他还是一骨碌跳起来,追到屋后,只见大盗贼一头钻进了雪堆。小虎头扒着雪堆,扒了半天,不见大盗贼的影子。

"嘻嘻!"一个洞里露出大盗贼的耳朵。小虎头跳过去,朝洞里吼着:"大

名师讲堂

介绍这只老鼠的身份,原来是一个大盗贼。

名师讲堂

大盗贼躲在雪堆里找不到了。

115

dào zéi kuài tóu xiáng yào bù wǒ jiù bú kè qi la
盗贼，快投降！要不，我就不客气啦！"

dà dào zéi zài dòng li wā ku tā nán dào nǐ de gǒu zhuǎ
大盗贼在洞里挖苦他："难道你的狗爪

bǐ gāng gǎo hái lì hai hái néng bǎ dòng tǔ bā kāi ma
比钢镐还厉害，还能把冻土扒开吗？"

xiǎo hǔ tóu jí de shēn shǒu bā tǔ yì lián bā duàn le liǎng gè
小虎头急得伸手扒土，一连扒断了两个

zhǐ jiǎ tòng de tā zhí jiào mā dà dào zéi dé yì de guài xiào
指甲，痛得他直叫妈。大盗贼得意地怪笑。

xiǎo hǔ tóu bú gù shǒu zhǐ tou téng pā xià yòng shēn tǐ
小虎头不顾手指头疼，趴下用身体

wǔ zài dòng kǒu shang guò le shí jǐ fēn zhōng bú dàn méi huà
捂在洞口上。过了十几分钟，不但没化

kāi dòng tǔ dào bǎ xiǎo hǔ tóu dòng de zhí duō suo tā xiǎng
开冻土，倒把小虎头冻得直哆嗦。他想，

děi huàn ge bàn fǎ
得换个办法。

xiǎo hǔ tóu yǎn jīng yì zhǎ hǎo bàn fǎ lái le tā
小虎头眼睛一眨，好办法来了。他

zài yuán dì pīn mìng de bèng ya tiào ya bù yí huì ér hún
在原地拼命地蹦呀，跳呀，不一会儿，浑

shēn rè qì téng téng hàn shuǐ zhí liú tā yòng shēn tǐ yòu wǔ
身**热气腾腾**，汗水直流。他用身体又捂

zhù dòng kǒu jiàn jiàn de dòng tǔ huà kāi le
住洞口。渐渐地，冻土化开了。

dà dào zéi yí kàn bú miào lián máng jǔ zhe liǎng gēn ròu
大盗贼一看不妙，连忙举着两根肉

gǔ tou duì xiǎo hǔ tóu shuō gǒu yé ye ráo le wǒ ba
骨头，对小虎头说："狗爷爷，饶了我吧！"

xiǎo hǔ tóu yì jiǎo tī kāi ròu gǔ tou bǎ dà dào zéi
小虎头一脚踢开肉骨头，把大盗贼

bǎng qǐ lai yā sòng dào huā māo nà er qù le
绑起来，押送到花猫那儿去了。

词语理解

热气腾腾：热气蒸腾的样子。形容气氛热烈或情绪高涨。

名师讲堂

表现出小虎头对大盗贼贿赂的不屑。

名师点拨

本章主要讲述的是小虎头不顾感冒，不怕受冻，最终成功抓住大盗贼的故事。可以看出小虎头是一条勇敢、正直、不怕吃苦、正义的小狗。

回味思考

1.小虎头是怎么抓住大盗贼的？

2.小虎头是怎样的一条小狗？

yǎn shǔ dòu dà xiàng
鼹鼠斗大象

名师导读

大象想抢占树林茂密的南山森林,老虎打不过它,豹和狼也都溜了。就在大象以为自己成功时,一只小鼹鼠拦住了它的路,小鼹鼠能保卫自己的家园吗?

词语理解

气势汹汹:汹汹:气势盛大的样子。气势:态度、声势。形容态度、声势凶猛而嚣张。

běi shān sēn lín de dà xiàng xiǎng qiǎng zhàn shù mào lín mì de
北山森林的大象想抢占树茂林密的

nán shān sēn lín tā qì shì xiōng xiōng de chuǎng le guò qù hòu
南山森林,他**气势汹汹**地闯了过去,厚

jiǎo zhǎng yí duò cǎo dì xiàn xià yí piàn cháng bí zi yì juǎn
脚掌一跺,草地陷下一片;长鼻子一卷,

xiǎo shù lián gēn bá qǐ lǎo hǔ hé tā jiāo shǒu bèi jiān xiàng
小树连根拔起;老虎和他交手,被尖象

yá chuō shāng le hòu bèi táo le bào láng zì zhī bú shì tā
牙戳伤了后背,逃了;豹、狼自知不是他

de duì shǒu liū le dà xiàng jiàn méi yǒu zài gǎn hé tā zuò
的对手,溜了。大象见没有再敢和他作

duì de shí fēn dé yì
对的,十分得意。

bú liào yì zhī xiǎo yǎn shǔ dǎng zài qián tou jiān shēng
不料,一只小鼹鼠挡在前头,尖声

xì qì de hǎn dào zhàn zhù bù dé zài zhè li sā yě
细气地喊道:"站住,不得在这里撒野!"

hē xiǎo dōng xi kǒu qì dào bù xiǎo wa dà xiàng
"呵,小东西,口气倒不小哇。"大象

gēn běn bù bǎ tā fàng zài yǎn li tái qǐ jiǎo zhǎng hěn hěn cǎi
根本不把他放在眼里,抬起脚掌狠狠踩

名师讲堂

小鼹鼠虽然很弱小,却很有勇气,敢站出来阻拦大象。他哪里来这么大的勇气呢?

了下去。鼹鼠灵巧地一跃，跳到了大象的背上。大象气得大耳朵直竖，甩动长鼻子用力向背上打去，只听鼹鼠"吱"的一声，没了踪影。大象一声冷笑："哼，小东西自己前来送死，活该！"

大象的话音未落，耳朵里传出鼹鼠的声音："好，这地方宽敞，既避风又挡雨，就在这儿做窝安家吧。"说着，一边在大象耳朵里又搔又挠，一边还直往里钻。大象先是觉得耳朵痒，继而感到头发痛，再后来是一阵阵钻心疼。可是鼹鼠躲的这个部位，脚掌踩不到，尖牙戳不着，长

名师讲堂

鼹鼠体形小，但是灵活，笨拙的大象一下子还抓不到它。

名师讲堂

鼹鼠在大象的耳朵里捣乱，这是为了惩罚大象的霸道。

词语理解

怒不可遏：愤怒得难以抑制，形容十分愤怒。

鼻子也用不上，大象只是干着急。

大象**怒不可遏**地喝道："小东西，你什么地方不能去，干吗在我的耳朵里做窝？"鼹鼠反问："那你在北山森林住得好好的，为什么要霸占这儿？"

鼹鼠直往大象耳朵里钻，大象疼痛难忍，实在熬不住了，只得服输，说："好，好，我回去，你赶快钻出来，求求你了。"

大象不情愿地往回走，走了几步，转身问鼹鼠："我不明白，连老虎、花豹

名师讲堂

鼹鼠最终战胜了大象，动物都有各自的特点，个头大并不一定会赢。

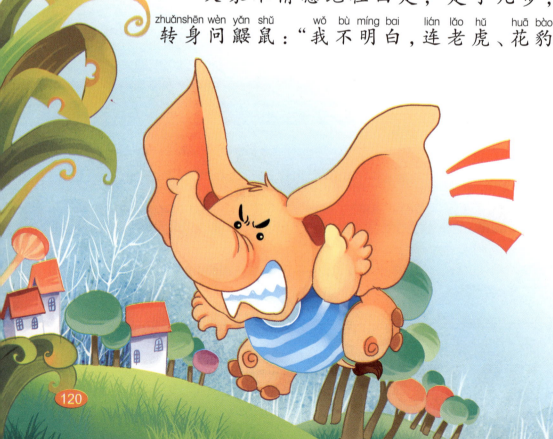

zhè xiē dà gè tou de dōu táo de táo liū de liū nǐ yòu
这些大个头的都逃的逃，溜的溜，你又

hé bì ne
何必呢？"

yǎn shǔ zī zī yí xiào shuō zhè yǒu shén me bù
鼹鼠"吱吱"一笑，说："这有什么不

míng bai de wǒ ài zì jǐ de jiā yuán bǎo wèi jiā yuán fēn
明白的？我爱自己的家园，保卫家园，分

shén me dà xiǎo
什么大小！"

dà xiàng lèng zhù le tā huí tóu kàn le yì yǎn shù mào
大象愣住了。他回头看了一眼树茂

lín mì de nán shān sēn lín chuí tóu sàng qì de zǒu le
林密的南山森林，垂头丧气地走了。

名师讲堂

鼹鼠的话升华了文章主题，告诉我们，保卫家园，人人有责。

名师点拨

本文讲述的是一只鼹鼠成功阻止大象占领它的家园的故事。告诉我们个头大小不重要，有一颗保卫家园的心才是最重要的，保卫家园，人人有责。

回味思考

1.大象最后为什么求饶？
2.鼹鼠为什么留下来保卫森林？

蛤蟆旅行家

名师导读

一只蛤蟆想要和野鸭一起去南方，但是它没有翅膀，又不能飞行，于是它想出了一个绝妙的好办法……

名师讲堂

介绍蛤蟆的生活，它过得十分逍遥自在。

一只蛤蟆生活在泥潭里，它每天捕捉蚊子和小虫吃，高兴时就放声歌唱。

有一天，蛤蟆忽然听见天空中传来一阵尖细的叫声，抬头一看，原来是一群野鸭飞来了。

名师讲堂

野鸭和蛤蟆相遇了，为后文的发展作铺垫。

野鸭扇动着翅膀，在空中绕了一圈，落在了蛤蟆居住的这片泥潭里。蛤蟆见了，就问：

名师讲堂

从野鸭的口中可以得知南方是一个非常美好的地方。

"你们要去哪里？"

野鸭告诉它，它们要到南方去，因为那儿有温暖的阳光、肥沃的泥潭和鲜

měi de chóng zi　　há ma tīng le xiàn mù jí le　qǐ qiú yě
美的虫子。蛤蟆听了羡慕极了，乞求野

名师讲堂

设置悬念，蛤蟆该怎么去南方呢？

yā dài tā dào nán fāng qù　　kě shì　há ma méi yǒu chì bǎng
鸭带它到南方去。可是，蛤蟆没有翅膀

bù néng fēi　zěn me bàn ne
不能飞，怎么办呢？

há ma xiǎng chū yí gè hǎo bàn fǎ　ràng liǎng zhī yě yā
蛤蟆想出一个好办法，让两只野鸭

diāo qǐ yì jié shù zhī　zì jǐ yǎo zhù shù zhī de zhōng jiān bù
叼起一截树枝，自己咬住树枝的中间部

fen　yú shì　zài liǎng zhī yě yā de dài dòng xià　há ma
分。于是，在两只野鸭的带动下，蛤蟆

fēi shàng tiān le
飞上天了。

名师讲堂

大家看到这幕景象，都觉得非常惊奇。

dāng tā men fēi guò yí gè cūn zhuāng shí　yì qún hái zi
当它们飞过一个村庄时，一群孩子

hǎn dào　yě yā dài zhe yì zhī há ma fēi　yí gè dà
喊道："野鸭带着一只蛤蟆飞！"一个大

rén jiàn le shuō　shì shuí xiǎng chū zhè yàng jué miào de bàn fǎ
人见了，说："是谁想出这样绝妙的办法？！"

há ma tīng dào zhè xiē huà　wán quán wàng le zì jǐ de
蛤蟆听到这些话，完全忘了自己的

chù jìng　shǐ chū quán shēn lì
处境，使出全身力

qì shuō　dāng
气说："当

rán shì wǒ
然是我。"

tā gāng hǎn chū shēng biàn yí gè gēn tou zāi le xià lái
它刚喊出声,便一个跟头栽了下来。

há ma shí fēn jiǎo xìng shuāi jìn yí gè shuǐ tán li
蛤蟆十分侥幸,摔进一个水潭里。

pū tōng yì shēng bǎ nà li de há ma xià le yí tiào
"扑通"一声,把那里的蛤蟆吓了一跳,

tā men qí guài de wàng zhe zhè zhī cóng tiān shàng diào xià lai de há
它们奇怪地望着这只从天上掉下来的蛤

ma shuāi xià lai de há ma yì diǎn yě bù jué de gān gà
蟆。摔下来的蛤蟆一点也不觉得尴尬,

fǎn ér dà yán bù cán de chuī xū zì jǐ rú hé rú hé de
反而大言不惭地吹嘘自己如何如何地

cōng ming
聪明。

zuì hòu tā yáng yáng dé yì de shuō wǒ shì zhuān chéng
最后,它扬扬得意地说:"我是专程

lái kàn nǐ men de míng nián chūn tiān wǒ jiāng jì xù wǒ de
来看你们的,明年春天,我将继续我的

kōng zhōng lǚ xíng
空中旅行。"

kě cóng cǐ yǐ hòu yě yā zài yě méi lái guo tā
可从此以后,野鸭再也没来过,它

men yǐ wéi zhè zhī kě lián de há ma zǎo jiù shuāi sǐ le
们以为这只可怜的蛤蟆早就摔死了。

名师点拨

本章主要讲述的是蛤蟆在飞往南方的旅途中,为了显摆它的聪明,结果从空中落下去的故事。意在讽刺那些得意扬扬,忘记自己处境的人。

回味思考

蛤蟆想出什么办法飞向天空的?

liǎng zhī bèn gǒu xióng

两只笨狗熊

名师导读

两只狗熊捡到了一块面包，却被狐狸大婶看到了。狐狸大婶为了得到这块面包，想出了一个诡计……

gǒu xióng mā ma yǒu liǎng gè hái zi dà hēi hé xiǎo hēi
狗熊妈妈有两个孩子：大黑和小黑，
tā menzhǎng de tǐng pàng kě shì dōu hěn bèn shì liǎng zhī bèn
它们长得挺胖，可是都很笨，是两只笨
gǒu xióng
狗熊。

名师讲堂

介绍这两只熊的样子和性格特点。

yǒu yì tiān tiān qì zhēn hǎo gē er liǎ shǒu lā shǒu yì
有一天天气真好，哥儿俩手拉手一
qǐ chū qù wán tā men kàn jian lù biān yǒu piàn miàn bāo wén
起出去玩。它们看见路边有片面包，闻
yi wén xiāng pēn pen de gān miàn bāo zhǐ yǒu yí piàn gē
一闻，香喷喷的。干面包只有一片，哥
er liǎ dōu pà zì jǐ chī shǎo le dà hēi shuō zán men
儿俩都怕自己吃少了。大黑说：“咱们
fēn zhe chī kě yào gōng píng wǒ de bù néng shǎo
分着吃，可要公平，我的不能少。”

名师讲堂

两只狗熊都想平均分得干面包，它们该怎么分呢？

xiǎo hēi yě shuō duì yào fēn gōng píng nǐ de bù
小黑也说：“对，要分公平，你的不
néng dà
能大。”

gē er liǎ zhèng nào zhe hú li dà shěn lái le tā
哥儿俩正闹着，狐狸大婶来了。它

kàn jian gān miàn bāo　yǎn zhū yí zhuàn　shuō
看见干面包，眼珠一转，说：

pà fēn bu gōng píng bā　wǒ lái bāng nǐ men fēn
"怕分不公平吧？我来帮你们分。"

hú li dà shěn jiē guò gān miàn bāo　hèn bu de yì kǒu
狐狸大婶接过干面包，恨不得一口

tūn xià qu　kě tā méi zhè yàng zuò　zhǐ shì bǎ miàn bāo fēn
吞下去，可它没这样做，只是把面包分

chéng le liǎng piàn
成了两片。

gē er liǎ yí kàn　lián máng jiào qǐ lai
哥儿俩一看，连忙叫起来：

bù xíng　bù xíng　yí kuài dà　yí kuài xiǎo
"不行，不行，一块大，一块小。"

bié zháo jí　nǐ men qiáo　zhè yí kuài dà yì diǎn ba
"别着急，你们瞧，这一块大一点吧，

wǒ yǎo tā yì kǒu　hú li　ā wu　yǎo le yì
我咬它一口。"狐狸"啊唔"咬了一

kǒu　gē er liǎ yòu jiào le qǐ lái
口，哥儿俩又叫了起来：

bù xíng　bù xíng　zhè kuài dà de bèi
"不行，不行！这块大的被

nǐ yǎo le yì kǒu　biàn chéng xiǎo de le
你咬了一口，变成小的了。"

名师讲堂

狐狸大婶想独占面包，但它没有直接那样做，它会用什么办法得到面包呢？

127

名师讲堂

狐狸大婶又抓住机会咬了一口面包。

"你们急什么呀,那块大了,我再咬它一口吧。"狐狸大婶又咬了一口,哥儿俩又急得叫了起来:

"那块大的被你咬了一口,又变成小的了。"

名师讲堂

最后面包到这两兄弟手上时,都快没了。

狐狸大婶这块咬一口,那块咬一口,干面包只剩下小手指头那么一点了。它把干面包分给兄弟俩:

"现在两块干面包一样大了,吃吧,吃得饱饱的。"

大黑和小黑你看看我,我看看你,一句话也说不出来。

名师点拨

本章讲述的是狐狸大婶在给两只熊分面包时,借机将面包吃得只剩一点的故事。表现出狐狸大婶的狡猾和两只小熊的愚蠢。

回味思考

狐狸大婶是如何分面包的?

智 慧 帽
zhì huì mào

有个老国王想将王位传给儿子,但他的儿子很愚蠢,他的人民都反对让他儿子继位,为了让儿子变得聪明,国王让儿子去找巫婆帮忙,王子能找到巫婆吗?

从前,有个国王老了,他要把王位让给自己的儿子。可是他的儿子很愚笨,人民都反对这个王子继承王位。

他们向老国王提出,半年后举行一次国王候选人的竞赛演说,如果王子不能证明他比别人更有智慧,人民将把国王全家赶出王宫。

"这可怎么办呢?"老国王和王后急得团团转。他们想来想去想不出什么好办法,只好让王子到外边去寻找巫婆。他们对王子说:

名师讲堂

人们不愿意让一个愚蠢的王子继承王位。

名师讲堂

面对即将被赶出王宫的困境,国王该怎么办呢?为后文作铺垫。

"你要一路上送东西给她们吃，那些巫婆都是很有法力的人，吃了你的东西，就会把本领传授给你的。"

王子记住了父母的话，带了许多东西上路了。他一边走着一边吃着，见到人就随手把东西送给人家吃。走了不过几个小时，他几乎把所有的东西都吃光送光了，只剩下一把干果子。

在一片树林里，王子遇见了一个老婆子，他就把吃剩下的干果拿出来送给她。老婆子果然是个巫婆，她对王子说："我很乐意把智慧教

给你，可是，如果你做了国王，要把所有的学校都关闭掉。因为它让人有了知识，夺去了我们巫婆的权力。"

他一口答应下来。

巫婆用了六个月的时间，给王子编了一顶智慧帽。只要王子一戴上这顶用灰色绒线编织的帽子，就会变得非常聪明。

王子回来后不久，就参加竞选演说了。在市政厅里，人们推选的九个青年和王子一起发表演说。

王子因为戴着智慧帽，演说很成功，博得了人们的赞赏。

王子的智慧使人们感到意外，他在大热天戴着绒线帽，也同样使人奇怪。

于是，有个聪明人建议：在演说时应当起立和脱帽，以表示对人民的尊重。

这么一来，王子便在演讲台上胡言

名师讲堂

巫婆给王子做了一顶智慧帽，解释了之后王子变聪明的原因。

名师讲堂

王子突然的变化让人们感到意外和奇怪，人们会怎样应对呢？

乱语起来了。人们从九个青年中选了一位最聪明的做国王，其余八个做了大臣。

国王、王后和笨王子只好离开了王宫。

名师讲堂

交代了国王、王后和王子的下场。

他们还想去找那位巫婆，却没有找到。

名师讲堂

点明只有学习才能让人变聪明的道理。

因为新国王开办了许多学校，使人们变得聪明起来了。

巫婆再也站不住脚，只好溜到别的国家去了。

名师点拨

本文讲述的是一个愚蠢的王子为了变聪明去寻求巫婆帮忙，最终被人识破的故事。告诉我们想要变聪明就要多学习，想通过别的方法变聪明最终将会失败的。

回味思考

1.巫婆是怎么帮助王子变聪明的？

2.从这个故事中你懂得了什么？

jiǎo huá de biān fú
狡猾的蝙蝠

名师导读

蝙蝠长得像鼠，但是它却有翅膀；它长得像鸟，但是却没有羽毛。那蝙蝠到底是什么呢？我们来看看下面这只蝙蝠是怎么说的吧！

yì zhī biān fú mào shi de chuǎng jìn le huáng shǔ láng de
一只蝙蝠冒失地闯进了黄鼠狼的

jiā huáng shǔ láng yí jiàn lè le xiǎo lǎo shǔ wǒ yǔ nǐ
家，黄鼠狼一见乐了："小老鼠，我与你

shì bù liǎng lì nǐ jìng gǎn chuǎng jìn wǒ de jiā wǒ yào yì
势不两立，你竟敢闯进我的家，我要一

kǒu chī le nǐ dǎo méi de biān fú xià huài
口吃了你。"倒霉的蝙蝠吓坏

le gǎn jǐn shēn biàn shuō huáng shǔ láng
了，赶紧申辩说："黄鼠狼

dà gē nín kě yào kàn
大哥，您可要看

词语理解

势不两立：两立：双方并立。指敌对的双方不能同时存在。比喻矛盾不可调和。

133

zǐ xì yì diǎn　wǒ yǒu yí duì chì bǎng　lǎo shǔ zěn me huì
仔细一点,我有一对翅膀,老鼠怎么会

yǒu chì bǎng ne
有翅膀呢?"

tā jiǎng de sì hū shí fēn zài lǐ　huáng shǔ láng zhǐ hǎo
它讲得似乎十分在理,黄鼠狼只好

fàng tā yì tiáo shēng lù
放它一条生路。

shì yě còu qiǎo　liǎng tiān hòu　zhè dǎo méi dàn yòu zhuàng
事也凑巧,两天后,这倒霉蛋又撞

dào lìng yì zhǐ huáng shǔ láng jiā zhōng　zhè yì jiā de huáng shǔ láng
到另一只黄鼠狼家中。这一家的黄鼠狼

fū rén xǐ huan chī niǎo ròu　zhèng hǎo bǎ tā dàng zuò xià fàn cài
夫人喜欢吃鸟肉,正好把它当作下饭菜。

biān fú jí le　dà shēng biàn jiě　nín méi gǎo cuò ba　niǎo
蝙蝠急了,大声辩解:"您没搞错吧?鸟

shì yǒu yǔ máo de　wǒ hún shēn shàng xià méi yì gēn yǔ máo
是有羽毛的,我浑身上下没一根羽毛,

wǒ shì yì zhǐ dì dì dào dào de lǎo shǔ
我是一只地地道道的老鼠。"

tā jiǎng de sì hū yě yǒu yí dìng de dào li　huáng shǔ
它讲得似乎也有一定的道理,黄鼠

láng fū ren zhǐ dé fàng tā yì tiáo shēng lù
狼夫人只得放它一条生路。

名师点拨

　　本章讲述的是一只聪明的蝙蝠两次从黄鼠狼的手中脱险的故事。蝙蝠利用自己像鸟又像鼠的特点,成功骗了黄鼠狼,表现出它的机智。

回味思考

　　两只黄鼠狼为什么都放了蝙蝠?

huáng gǒu hé hú li
黄狗和狐狸

名师导读

深夜，狐狸到一户农家偷鸡，却看到了黄狗。黄狗故意将狐狸认作自己的恩人，然后将他带进屋里，这到底是为什么呢？接下来会发生什么呢？

jì jìng de shēn yè hú li lái dào nóng
寂静的深夜，狐狸来到农

jiā dà yuàn mén kǒu xiǎng jìn qu tōu jī jiàn
家大院门口，想进去偷鸡，见

huáng gǒu zhèng fú zài dà yuàn mén páng xià de xiǎng
黄狗正伏在大院门旁，吓得想

gǎn kuài liū zǒu xīn xiǎng yào shi chǎo xǐng huáng gǒu
赶快溜走，心想要是吵醒黄狗

jiù zāo le
就糟了。

名师讲堂

黄狗叫狐狸恩人,这是为什么呢?

huáng gǒu zǎo jiù fā xiàn le hú li　jiàn hú li yào liū
黄狗早就发现了狐狸,见狐狸要溜,

shuō　　ēn rén　hǎo jiǔ bú jiàn　zhēn xiǎng niàn nǐ　nǐ xiàn
说:"恩人,好久不见,真想念你!你现

zài hǎo ma
在好吗?"

hú li yì jīng　qiáng zhuāng zhèn jìng shuō　hěn hǎo　nǐ
狐狸一惊,强装镇静说:"很好!你

shì
是……"

huáng gǒu zǒu dào hú　li　shēn biān shuō　　nǐ zěn me wàng
黄狗走到狐狸身边说:"你怎么忘

le　dāng nián wǒ zài shēn shān suí zhǔ ren dǎ liè shí　bèi láng
了?当年我在深山随主人打猎时,被狼

名师讲堂

黄狗为什么说狐狸是他的恩人呢?究竟是怎么回事?

wéi gōng　　shì nǐ jiù le wǒ　ràng wǒ sǐ lǐ táo shēng　　ēn
围攻,是你救了我,让我死里逃生。恩

rén　nǐ zěn me zhī dao wǒ zài zhè er
人,你怎么知道我在这儿?"

狐狸稍迟疑了一下，**将计就计**地说：

"我是听鸡说的，所以专程来拜访你。"

黄狗高兴得狂呼乱跳，他说："见到你我真高兴！分别多年，让我们好好叙叙。请进！"

狐狸暗觉好笑：这愚蠢的黄狗错把我当成他的恩人，又拿出这么多我从未吃过的香甜可口的东西款待我，今天真是有口福！

黄狗又对狐狸说："我太孤寂了，今天能谈谈心里话，心情也是特别舒畅，以后你有空就常来走走。哦，我想起来了，主人房间里有鸡肉，我悄悄进去拿点来。"

忽然，狐狸被人用网罩套住了。狐狸声色俱厉地说："放开我！我是你们狗的大恩人！"主人哈哈大笑："再狡猾的狐狸，也逃不过猎狗的眼睛。现在你听

词语理解

将计就计：利用对方所用的计策，反过来对付对方。

名师讲堂

心理活动描写表现出狐狸的贪吃。

名师讲堂

狐狸自以为是狗的大恩人，表现出他的愚蠢。

tīng huáng gǒu duì nǐ de huí dá ba
听黄狗对你的回答吧！"

名师讲堂

原来黄狗是
故意这样，表现出
黄狗的机智。

huáng gǒu shuō　wǒ bú zhè yàng hōng nǐ　néng zhuō zhù nǐ
黄狗说："我不这样哄你，能捉住你

zhè zhī jiǎo huá de hú li ma
这只狡猾的狐狸吗？"

ài　　hú li niān le　tàn kǒu qì shuō　jiǎo huá
"唉！"狐狸蔫了，叹口气说，"狡猾

shì dòu bu guò jī zhì de
是斗不过机智的。"

名师点拨

　　本文讲述的是一只机智的狗将狐狸抓获的故事。告诉我们，坏人终究
是斗不过正义的一方的，对于那些狡猾的坏人要学会开动脑筋。

回味思考

　　1.狐狸是怎么被抓住的？
　　2.黄狗为什么撒谎？

没长心的大鹿

名师导读

狮子生病了,想让狐狸去骗一只鹿来给它吃。狐狸好不容易骗来一只鹿,但却给它跑了。于是,狐狸再次去骗它,这一次,它会上当吗?

狮子生了病,睡在山洞里。它对要好的朋友狐狸说:"你若是希望我能活下去,请用花言巧语把森林中最大的鹿骗到我这里来,我很想喝它的血和吃它的心脏。"

狐狸走到树林里,看见欢蹦乱跳的大鹿,热情·地向它问好。

词语理解

花言巧语:原指铺张修饰、内容空泛的语言或文辞。后多指用来骗人的虚伪动听的话。

139

然后挺神秘地对它说："鹿兄弟，我告诉你一个喜讯。你知道，狮子国王是我的邻居，最近它病得很厉害，快要死了。"

"是吗？可这跟我有什么关系呢？"大鹿问。

"跟你关系大着呢！"狐狸说，"昨天它告诉我，野猪愚蠢无知，黑熊懒惰无能，豹子暴躁凶恶，老虎骄傲自大，只有大鹿，漂亮英武，年轻力壮，可以继承它的王位。"

听狐狸这么一说，大鹿很激动，立刻动身去探望狮子。可它一进狮子洞，狮子就猛地扑了过来。大鹿吓坏了，赶紧往回跑。虽然保住了一条小命，却让狮子撕掉了一只耳朵。

狮子没吃到大鹿，回过头来又请狐狸帮忙，狐狸说："行，那我就再试试吧！"

于是，狐狸开始四处寻找大鹿，终

名师讲堂

狐狸骗鹿说狮子要死了，它为什么这样说呢？

名师讲堂

狐狸通过说其他动物的缺点来衬托出鹿的优点，这让鹿很受用。

名师讲堂

这只鹿因为轻信狐狸的话，而失去了一只耳朵。

141

yú zài sēn lín li zhǎo dào le tā
于在森林里找到了它。鹿一见狐狸，气
de máo dōu shù le qǐ lái tā shí fēn fèn nù de shuō huài
得毛都竖了起来。它十分愤怒地说："坏
dōng xi nǐ xiū xiǎng zài lái piàn wǒ
东西，你休想再来骗我！"

hú li gǎn jǐn jiě shì qīn ài de lù xiōng di shī
狐狸赶紧解释："亲爱的鹿兄弟，狮
zi zhuā zhù nǐ de ěr duo zhǐ shì xiǎng bǎ wáng wèi de mì mi
子抓住你的耳朵，只是想把王位的秘密
qiāo qiāo de gào su nǐ nǐ de dǎn zi zhè me xiǎo jiāng lái
悄悄地告诉你，你的胆子这么小，将来
zěn me zuò sēn lín zhī wáng ne
怎么做森林之王呢？"

lù tīng le hú li de huà yòu yǒu xiē dòng xīn le
鹿听了狐狸的话，又有些动心了。
hú li yí jiàn yǒu jī kě chéng máng jiā jǐn quàn shuō shī zi
狐狸一见**有机可乘**，忙加紧劝说："狮子
xiàn zài fēi cháng shēng qì zhǔn bèi bǎ wáng wèi chuán gěi láng láng
现在非常生气，准备把王位传给狼。狼
nà jiā huo kě bú shì gè shén me hǎo
那家伙可不是个什么好
dōng xi jiǎng néng lì jiǎng wēi wàng
东西，讲能力，讲威望，
nǎ yì diǎn bǐ de shàng nǐ kuài zǒu
哪一点比得上你？快走

名师讲堂

表现出狐狸的狡猾，颠倒黑白。

词语理解

有机可乘：有机会可以利用，有空子可钻。

吧，赶紧到狮子那里去接受你应得的荣誉。否则，失去了这次千载难逢的好机会，作为朋友，我都替你惋惜啊！"

可怜的鹿又一次被狐狸骗了。这一次，它可没那么幸运，刚一进洞，就被狮子抓住，吃了个精光。狐狸始终在一旁窥视着，当鹿心从破碎的身体里滚落出来的时候，便偷偷去捡来吃了。

狮子吃了肉，喝了血，开始寻找鹿的心脏。狐狸对它说："大王，你别找了，这头鹿没长心。你想，它要是有心，怎么会两次送上门来给你吃呢？"

名师点拨

本章讲述的是一只愚蠢的鹿被狐狸骗了两次，最终失去性命的故事。这只鹿最终失去性命，是因为它是在太容易被诱惑，太容易轻信他人的话了。

回味思考

1.狐狸是怎么把鹿骗到山洞的？
2.鹿的心在哪里？

shī zi bān jiā
狮子搬家

在一片森林里，所有的动物都讨厌一头霸道的狮子，大家经过商量之后决定派兔子去将狮子赶走。兔子能够成功赶走狮子吗？

名师讲堂

这只狮子作恶多端，大家都很厌恶它，所以决定将它赶出去。

yì tóu shī zi bà zhàn le zhěng piàn sēn lín tā zhěng tiān
一头狮子霸占了整片森林，他整天
qī fù qí tā de dòng wù dà jiā dōu fēi cháng hèn tā biàn
欺负其他的动物，大家都非常恨他，便
shāng liàng bàn fǎ bǎ shī zi gǎn chū zhè piàn sēn lín qù zuì
商量办法把狮子赶出这片森林去。最
hòu dà jiā yí zhì tuī jǔ tù zi qù wán chéng zhè ge jiān jù
后，大家一致推举兔子去完成这个艰巨
de rèn wu
的任务。

tù zi yì pāi xiōng pú mǎn kǒu dā ying le xià lái
兔子一拍胸脯，满口答应了下来。

jī huì zhōng yú lái le zhè tiān tù zi dǎ ting dào shī zi
机会终于来了，这天，兔子打听到狮子

chū yuǎn mén qù le biàn pǎo dào shī zi jiā duì shī zi de
出远门去了，便跑到狮子家，对狮子的

ér zi men shuō
儿子们说：

wǒ shì nǐ men de dà gē tīng shuō nǐ men méi rén
"我是你们的大哥，听说你们没人

zhào gu wǒ lái kàn kan
照顾，我来看看。"

xiǎo shī zi men qī zuǐ bā shé de rǎng dào nǐ shì
小狮子们七嘴八舌地嚷道："你是

tù zi zěn me huì shì wǒ men de dà gē ne
兔子，怎么会是我们的大哥呢？"

tù zi shuō nǐ men hái xiǎo děng zhǎng dà le
兔子说："你们还小，等长大了

jiù huì míng bai le xiǎo shī zi men xiāng xìn le tù
就会明白了。"小狮子们相信了兔

zi de huà rè qíng de kuǎn dài le tù zi bìng
子的话，热情地款待了兔子，并

qǐng tā zhù le xià lái
请他住了下来。

名师讲堂

表现出兔子的聪明和大胆，它将小狮子的食物拿走了，老狮子知道后又会怎样呢？

晚上，兔子等小狮子们都睡着了，偷偷地把老狮子留下的食物全都搬出去，分给了别的动物吃。然后，他自己跑回家了。

几天后，老狮子出远门回来了，见小狮子们一个个正饿得叽哇乱叫，忙问出什么事了。小狮子们把事情的经过对老狮子说了，老狮子脸都气白了，一口气跑到兔子家门口，吼叫道：

"你快给我滚出来，看我怎么教训你。"

兔子说："你千万别生气，听

wǒ gěi nǐ jiě shì　　wèi le biǎo shì chéng yì　　qǐng ràng wǒ bǎ
我给你解释。为了表示诚意，请让我把

tuō xié rēng chū qu　　wǒ yào chì zhe jiǎo chū qu
拖鞋扔出去，我要赤着脚出去。"

shī zi hǒu dào　　kuài diǎn
狮子吼道："快点！"

tù zi cóng chuāng kǒu rēng chū le yì zhī tuō xié　shī zi
兔子从窗口扔出了一只拖鞋，狮子

jiǎn qǐ lai yí xià zi rēng chū qu hěn yuǎn　　tù zi zhǐ diū chū
捡起来一下子扔出去很远。兔子只丢出

lai yì zhī tuō xié　shī zi yǐ wéi tù zi kěn dìng hái huì bǎ
来一只拖鞋，狮子以为兔子肯定还会把

lìng yì zhī tuō xié rēng chū lai de　　biàn yì zhí zài nà shǎ shǎ
另一只拖鞋扔出来的，便一直在那傻傻

de děng zhe　　kě děng ya děng　　děng le bàn tiān　　hái bú jiàn
地等着。可等呀等，等了半天，还不见

dòng jing　　tā gū jì tù zi yòu zài shuǎ shén me huā zhāo　　biàn
动静。他估计兔子又在耍什么花招，便

zhuàng kāi mén cuàn jìn le wū　　yí kàn　　tù zi zǎo yǐ liū zǒu
撞开门窜进了屋，一看，兔子早已溜走

le　　shī zi pà tù zi zài lái dǎo luàn　　zhǐ hǎo dài zhe xiǎo
了。狮子怕兔子再来捣乱，只好带着小

shī zi bān dào bié chù qù le
狮子搬到别处去了。

名师讲堂

说明狮子现在非常生气。

名师讲堂

兔子成功地将狮子赶走了。

名师点拨

　　本章主要讲述的是兔子利用自己的智慧，将狮子从森林里赶走的故事。文中的兔子非常勇敢，它敢于同凶狠的狮子作对。它也是机智的，因为它是用智慧赶走了狮子。

回味思考

1.小狮子为什么饿了几天？
2.狮子为什么搬走了？

一、填空题

1.《兔子判官》一文中，＿＿＿掉入了陷阱，后来被＿＿＿所救，最后却恩将仇报。

2.《金鹅》一文中，＿＿＿＿因为帮人得到了金鹅，后来还迎娶了＿＿＿＿＿。

3.《熊皮人》一文中，士兵在野外遇到了＿＿＿＿＿，并与他约定穿熊皮＿＿＿年，后来，一位老人的＿＿＿＿＿因为他的善良愿意嫁给他。

4.《狮子王摆宴》一文中，＿＿＿＿＿要来访问大森林，狮子王给他准备了＿＿＿＿。

5.《猴子赶车》一文中，猴子把＿＿＿和＿＿＿套在驾辕的位置上。

二、选择题

1.《老鼠和黄鼠狼》一文中，（　）因贪吃而送了性命。

A.老鼠　B.黄鼠狼　C.农夫

2.《猪八戒吃烙饼》一文中，（　）喜欢先吃别人的烙饼。

A.猪大戒　B.猪四戒　C.猪八戒

3.《老狼拔牙》一文中，（　）准备帮老狼拔牙。

A.长颈鹿　B.小孩　C.兔子

4.《两只笨狗熊》一文中，（　）将面包吃得只剩一点了。

A.大黑熊　B.狐狸大婶　C.小黑熊

5.《狮子搬家》一文中，（　）将狮子从森林中赶走了。

A.兔子　B.狐狸　　C.鹿

三、判断题

1.《想吞天池的老虎》一文中,老虎将整个天池吞下了。(　　)

2.《三兄弟和一头驴》一文中,老大每次都给驴子喂草料。
(　　)

3.《狐狸和北极熊》一文中,北极熊以前有很长的尾巴。(　　)

4.《上坡还是下坡》一文中,小白兔赢得了比赛。　(　　)

5.《小虎头活捉大盗贼》一文中,大盗贼想用骨头贿赂小虎头。
(　　)

参考答案

一、填空题

1.狼,山羊　2.蠢儿,公主　3.绿衣人,七,小女儿
4.熊猫,竹子　5.马,牛

二、选择题

1.A　2.C　3.A　4.B　5.A

三、判断题

1.×　2.×　3.√　4.×　5.√

读后感

伴随男孩成长的好故事

　　《伴随男孩成长的好故事》是一本写给男孩看的童话书，里面有许多有趣的童话故事。当我一拿起这本书时，就被里面的故事给吸引住了，并一口气将它看完了。书里塑造了许多有趣的动物形象，狡猾的狐狸、愚蠢的狗熊、聪明的兔子……每一个角色都栩栩如生，仿佛出现在我的眼前一样，带给我许多快乐。

　　这本书让我在得到快乐的同时还学到了许多道理。书里面有很多故事都与智慧有关，它让我们明白了开动脑筋的重要性。我想在以后的生活和学习的过程中，我要善于开动我的大脑，遇到困难时，积极想出解决的方法。比如说《黄狗和狐狸》，讲述的是一只狡猾的狐狸想去偷鸡，结果被黄狗骗进屋，最终被抓住的故事。它告诉我们坏人终究是斗不过正义的一方的，对于那些狡猾的坏人要学会开动脑筋制伏他们。

　　除此之外，我还懂得要学会分辨，不能偏听偏信，做一个睿智的人。《狐狸和北极熊》一文中的北极熊，就因为不动脑筋，相信了狐狸的话，结果丢失了美丽的尾巴。《老狼拔牙》中的长颈鹿就是因为听信了狼的话，差点丢了性命。《没长心的大鹿》就是相信了狐狸的话，所以才被狮子吃了。这些都告诉我们要学会判断别人的话，不能轻易相信那些狡猾的人，要有分辨对错的能力。否则，吃了亏还不知道是怎么回事。

　　这是一本既能带给人快乐，又能给人以启迪的好书，小朋友们，你们也来看一看吧。